Pietrino Fabia

La "Gioia"

La triste storia di una nobile famiglia
agli albori dell'unità d'Italia

Romanzo storico

Presentazione di Aurelio Scaramuzzino

(In copertina palazzo Marrajeni, foto Stanislao Palmieri)

Questo romanzo è liberamente ispirato a fatti realmente accaduti, ma alcune descrizioni di luoghi e personaggi sono frutto della fantasia dell'autore.

È bastato un leggero alito di vento
e come seme di un soffione
sei volata via accompagnata dagli angeli.
A te, questo romanzo, mia dolce cognata.

Il pianto di una mamma

Allora giunse la Madre
e le sue grida squarciarono il cielo
che pianse lacrime di atroce dolore.
In quel sacco appeso al ramo
i resti sanguinolenti di suo figlio.

"Sotto quest'albero costruirò il mio calvario
e i tuoi resti riposeranno come martire
sull'altare di Santa Filomena.

Dio mio, tu che puoi, perdona tanta barbarie,
perché io non ci riesco!
E solo quando il mio dolore
diverrà il dolore della gente
poni fine alla mia esistenza
e conservami un posto accanto a mio figlio,
perché ha ancora tanto bisogno di essere abbracciato".

L'Autore

Presentazione

Da una prima, se pur rapida, lettura del romanzo, appare subito evidente l’intento dell’autore: accendere un riflettore su un periodo storico cruciale per le sorti del Meridione d’Italia e su avvenimenti importanti, come quello dei fratelli Bandiera, che si sono verificati nei nostri territori, volutamente trascurati o travisati dalle fonti ufficiali, per nascondere la verità sul trattamento riservato ai Meridionali dai nuovi regnanti.

Desideri, speranze, illusioni di una vita migliore, dopo l’unità, si infrangono, come onde sugli scogli, difronte alla cruda realtà: terreni venduti, anche sottocosto per fare cassa, (i Savoia avevano un disperato bisogno di denaro per far fronte alle spese sostenute per le guerre di indipendenza) ai ricchi proprietari terrieri; condizione della popolazione sempre più precaria; miseria, fame, malattie che, talora, provocano insurrezioni violente e incontrollate e danno vita a quel fenomeno che fu il brigantaggio, la cui esplosione trova quasi una giustificazione di fronte ai soprusi, alle angherie, alle ingiustizie a cui questa era sottoposta dai nobili e dai ricchi proprietari terrieri.

Scrive l’autore: “Pur saccheggiando casali e centri abitati, i briganti non erano affatto malvisti dalle popolazioni locali, in quanto essi colpivano, in maggiore misura, i ricchi baroni o proprietari terrieri, allo scopo di vendicare le ingiustizie sociali.

Per questo il brigante, in molti casi, era visto dalle masse popolari come un “giustiziere”, vendicatore di secolari soprusi, altre volte come unica alternativa al governo o allo stato, poche volte come un criminale da isolare”.

Questa visione alquanto romantica del brigantaggio, che toglie ai ricchi per dare ai poveri, godendo, quindi, dell’aiuto e dell’appoggio delle popolazioni, cozza, in un secondo momento, con la sua trasformazione: un’accozzaglia di criminali comuni, che compiono i più efferati delitti e che seminano il terrore dovunque.

Le vicende della famiglia Marrajeni, pur nella loro tragicità, rappresentano solo la punta dell’iceberg di quei drammatici avvenimenti.

Lo scopo dell’autore, a cui va, per questo, il mio modesto plauso, è stato quello di fissare l’obiettivo su uno dei periodi più tristi e violenti della storia delle nostre comunità, facendo rivivere al lettore un’epoca passata, della quale ricostruisce, oltre alla storia, l’atmosfera, gli usi, i costumi, la mentalità e la vita in generale del suo piccolo paese, attraverso la narrazione delle tristi vicende della famiglia Marraieni, coinvolta tragicamente, dal fenomeno del brigantaggio.

Toccherà agli storici indagarne le cause e giustificarne o condannarne le conseguenze.

Un dato è, comunque, certo: aver trascurato le miserevoli condizioni delle popolazioni meridionali non ha certamente favorito quello che avrebbe dovuto essere lo scopo principale dell’unità: non solo territoriale e politica, ma soprattutto morale.

Introduzione

Anche in questo nuovo romanzo credo di non essere venuto meno a quel patto di fiducia che ho saldato con voi lettori ne "L'ultima Ruffo", rassicurandovi ancora una volta di aver limitato al necessario la libertà inventiva, sottoponendola al vincolo della verità storica. Le vicende narrate si sono svolte, ancora una volta, nel nostro territorio, in quella terra calabrese martoriata, sofferente e mai amata dai regnanti del tempo.

E se nel basso medioevo, cavalcando le proteste del popolo, svanì il sogno di Enrichetta e Antonio di affrancarsi dagli stranieri angioini e aragonesi e di creare una signoria nel marchesato e nel regno di Napoli, in questo romanzo ripercorreremo le vicende storiche dei nuovi regnanti stranieri e infine dei Piemontesi che infransero il sogno delle masse contadine soggiogate dal mito di un' Italia unita e che accompagnarono, fino alla fine, la triste storia della nobile famiglia Marrajeni.

Dopo una doppia parentesi francese, gli Asburgo di Vienna, i Borbone, ritornarono sul loro legittimo trono, costituendo un nuovo regno che unì, di fatto e di diritto, il Regno di Napoli e il Regno di Sicilia nello scettro del figlio di Carlo III, Ferdinando, che assunse, quindi, il titolo di re delle Due Sicilie.

Sebbene la sua figura sia stata bocciata precipitosamente dalla storiografia, fu in questa fase, però, che la sua capitale, Napoli, poté annoverare una serie di primati incredibili e prestigiosi che proiettarono il regno Borbone nell'élite degli Stati più progrediti e all'avanguardia d'Europa. Le eccellenti opere architettoniche, le fondamentali scoperte archeologiche di Pompei ed Ercolano, la costruzione del più antico teatro operistico del mondo ancora attivo (il Real Teatro di San Carlo), la Reggia di Caserta, quelle di Portici e di Carditello, il conservatorio di San Pietro a Majella, l'Albergo dei Poveri, la Fabbrica di porcellane di Capodimonte, le prime cattedre di astronomia ed economia, sono solo un piccolo accenno che non rende giustizia alla grandezza raggiunta da Napoli in quegli anni.

Grandezza che svanì di colpo nel 1861, anno in cui Napoli, venendo annessa al nuovo Regno d'Italia, perse la sua rilevanza politica ed il suo status di capitale durato quasi sei secoli, per diventare semplice provincia Piemontese.

C'è da dire, però, che allo splendore di Napoli si contrapponevano disagi economici di grande portata che coinvolsero inevitabilmente le popolazioni civili accrescendo nel regno il malessere sociale delle genti meridionali, in particolare dei calabresi e dei Lucani.

Le angherie, le prepotenze, gli abusi perpetrati ai loro danni, ne forgiarono e forse indurirono, nel tempo, i cuori, tanto che non desta meraviglia l'esplosione violenta del fenomeno del brigantaggio. Le continue carestie, la sconfinata miseria, le tirannie ricorrenti e l'esosità fiscale sempre presente furono le cause che generarono, negli animi esacerbati, quel senso di ostilità e di rigetto, sfociato nella naturale inclinazione alla ribellione e nella nascita storica di tale fenomeno, inteso come esternazione violenta dei sentimenti negativi accumulati nei confronti del potere istituzionale e della legge.

La marcata differenza sociale tra la capitale, Napoli, e la parte più estrema del meridione, unita all'incapacità dei sovrani di una profonda analisi di comprensione del malessere diffuso furono alla base della nascente "Questione Meridionale".

Pur saccheggiando casali e centri abitati, i briganti non erano affatto malvisti dalle popolazioni locali, in quanto essi colpivano, in maggiore misura, i ricchi baroni o i proprietari terrieri, allo scopo di vendicare le ingiustizie sociali.

Per questo Il brigante, in molti casi, era visto dalle masse popolari come un "giustiziere", vendicatore di secolari soprusi, altre volte come unica alternativa al Governo o allo Stato, poche volte come criminale da isolare.

Di conseguenza la grande difficoltà che incontrava lo Stato nel combattere il brigantaggio era la connivenza e l'omertà della gente che proteggeva il brigante o che, comunque, difficilmente tradiva. Un'omertà così fortemente radicata nella popolazione che si ripropone ancora oggi con riferimento alla criminalità organizzata.

A causa del sogno garibaldino infranto dai sabaudi piemontesi con l'unità d'Italia, il brigantaggio divenne la spina nel fianco dei governi della destra storica che concentrarono tutte le forze per debellarlo. Infatti, nell'agosto del 1863 con il varo della legge "Pica", tutte le competenze vennero spostate ai tribunali militari che, dopo aver definito la carta geografica delle bande, portarono a compimento la sua disfatta con lo sterminio delle bande, dei loro familiari e simpatizzanti, ma anche di migliaia di innocenti che si concluse intorno al 1870.

Sul tema del brigantaggio meridionale, calabrese e crotonese in particolare, sulla mentalità e sul modo di agire di quelli che furono comunemente definiti “briganti”, esiste una letteratura talmente vasta, che non pretendo, in questa premessa, essere esaustivo sull’argomento, ma credo di poter affermare che il brigantaggio ebbe diverse connotazioni: da quella romantica a quella politica, a quella guerrigliera a quella comune, ovvero quella criminale.

Sono sicuro che in un ipotetico gioco delle quattro carte vincerei sicuramente scommettendo su quella romantica, intesa come reazione degli umili a quella forma di opposizione all’avvilente stato di miseria e oppressione cresciuto sotto la soggezione della prepotenza baronale e della smisurata ricchezza dei “galantuomini” locali che offendeva la dignità umana.

Ma anche su quella guerrigliera, intesa come rivolta nei confronti di chi infranse i sogni della speranza. Purtroppo, fu inevitabile il diffondersi di un’impronta criminale e comune, caratterizzata spesso da azioni violente a scopo di rapina ed estorsione praticate, in questo caso, da vere e proprie bande di criminali.

Nel decennio giacobino, nei primi giorni del 1807, queste vennero usate dal calabrese Cardinale Ruffo che, alla testa dell’armata cristiana della Santa Fede, composta da volontari, soprattutto contadini, partendo dalla Calabria e passando da Crotone, liberò la Repubblica Partenopea e tutto il regno dai francesi e ristabilì la monarchia Borbonica, approfittando anche del fatto che le armate francesi furono richiamate in patria per difenderla dalla minaccia austriaca. In tutte le operazioni si distinse per coraggio e capacità di comando il brigante calabrese “Pane di grano”.

Il brigantaggio, in questi casi, assunse carattere politico, ma il Cardinale non poté impedire, comunque, che, in occasione di alcuni scontri particolarmente fruttuosi, questi rompessero le righe per conquistarsi il bottino.

Garibaldi, che era partito con mille uomini, li usò per combattere il regno di Francesco II, uniti dal motto "la terra ai contadini". Infine, delusi dall'Unità d'Italia e dalle promesse non mantenute, cercarono di riportare senza successo Francesco II sul trono.

Poi, affidandosi al sentimento e conferendo alla loro azione una dimensione romantica, si misero a combattere le ingiustizie di cui erano state vittime le loro famiglie, le comunità contadine che li ospitavano o loro stessi dandosi alla macchia e diventando così briganti per caso, non per vocazione. Da veri romantici, si rintanarono nei boschi, convinti di poter combattere con le armi un mondo che ritenevano ingiusto. Qualcuno li chiamava criminali e banditi, altri briganti.

Tuttavia, anche se molti di loro si dichiaravano anarchici, erano uomini, analfabeti che non avevano fatto altro che reagire d’impulso ai torti di cui erano stati vittime, disperati che progettavano di far cadere tutti i potenti del paese, chiunque essi fossero.

La figura dei banditi, come per esempio Robin Hood o lo stesso Zorro hanno sempre inculcato nella memoria collettiva il mito romantico del fuorilegge che si nasconde spesso nelle foreste o dietro una maschera per difende i poveri contro i soprusi dei potenti. Lo stesso accade con i briganti, come fra Diavolo, pseudonimo di Michele Arcangelo, brigante militare, noto dalle nostre parti per aver preso parte alle rivolte contro i Francesi a Crotone. Di entrambi, sia banditi che briganti, ne ricordiamo nel tempo le gesta eroiche, perché sono riusciti a occupare grandi spazi letterari e televisivi.

Le storie dei briganti più famosi sono state tramandate nel tempo attraverso i cuntisti, (i cantastorie siciliani) che, al pari delle storie di Orlando e Rinaldo, ne hanno narrato le imprese temerarie.

La connotazione guerrigliera si affermò dopo il 1860: i briganti scesero in campo contro l'unità d'Italia vista come *«usurpazione piemontese»*, in netta contrapposizione con i libri scolastici che raccontano la storia con una netta prospettiva piemontese.

Scrive in una lettera l'Intendente di Crotone al Governatore della Provincia di Calabria Ultra II.

"Il primo episodio, di reazione al nuovo ordine costituito e al nuovo re d'Italia, che si verificò nel marchesato fu precisamente nella vicinissima Caccuri nei primi giorni di luglio del 1861 quando orde di briganti percorsero impunemente, a mano armata, le strade gridando "Viva Francesco II", con la bandiera bianca alzata. Nella notte tra il 6 ed il 7 dello stesso mese, i rivoltosi inalberarono una bandiera bianca borbonica sul campanile della Chiesa Madre di Santa Maria delle Grazie. In paese accorse immediatamente la Guardia Nazionale di San

Giovanni in Fiore e, subito dopo, una colonna mobile dell'Armata italiana. Intanto insorsero anche Savelli e Cotronei e la rivolta si estese a tutto il Marchesato".

E Anita, pronipote di Garibaldi, affermò, in una pubblica intervista televisiva, che Ricciotti Garibaldi, figlio secondogenito di Giuseppe, aveva combattuto nelle file dei Briganti contro l'Unità d'Italia!

"Mio nonno tornato, a Caprera, si indignò talmente tanto dello sfruttamento del Meridione da parte della nuova Italia, che andò a combattere con i Briganti". Il fatto storico è avvenuto nel territorio di Castagna, in provincia di Catanzaro, in cui operava un gruppo di briganti capeggiati dal garibaldino Raffaele Piccoli. La guerriglia è andata avanti fino al 1870 coinvolgendo anche i comuni di Filadelfia (VV) e Nicastro (l'attuale Lamezia)".

Il brigantaggio criminale esplose anche nel nostro piccolo paese, nelle nostre contrade. Le bande di tagliagole scorrazzavano devastandolo e saccheggiandolo. Rocca Ferdinandea non poté sfuggire agli assalti di queste bande di briganti, che miravano ai beni di una nota e nobile famiglia di Rocca : I Marrajeni.

Contro di loro si accanirono, per circa mezzo secolo, in maniera feroce, poiché in giro si diceva possedessero qualcosa di molto prezioso: la cosiddetta "gioia", un tesoro per alcuni, una pietra preziosa di oltre 1000 carati per altri o addirittura uno strano marchingegno in grado di produrre una piastra d'oro ogni giorno; insomma una clamorosa bufala, diremo oggi, una convinzione del tutto infondata destinata, tuttavia, a togliere la pace e la tranquillità ad una piccola comunità del tutto inerme di fronte a tanta violenza.

Ed è proprio in questo scenario di miseria e paura che si svolge la nostra storia, una storia dolorosa che infliggerà alla famiglia Marrajeni persecuzioni e lutti. Sarà sempre Fabio, con la sua voce narrante, a farla rivivere nei luoghi della nostra memoria cercando di avvicinarsi quanto più possibile alla verità storica e limitando la libertà inventiva solo in quegli spazi vuoti che la grande storia ha trascurato.

Una verità che non trova ancora il giusto riconoscimento nei testi scolastici scritti dai vincitori piemontesi, interessati unicamente all'unità politica e mai a quella sociale ed economica.

Capitolo I

Le Colline del "Turrazzo"

E così Dio si fermò ai confini di un mondo dimenticato, senza dare neanche conforto a quelle terre meridionali del silenzio e della solitudine. No, nemmeno l' aiuto spirituale che un popolo sofferente, distrutto e ingannato nei suoi ideali, si aspetta dopo la disperazione, la miseria e i soprusi. Alcune volte anche il cielo ti gira le spalle e tutto diventa grigio.

Erano questi i pensieri di Fabio, mentre ansiosamente leggeva alcune pagine del diario di Giuseppe Maria Galante nel suo libro "Giornale di viaggio in Calabria 1792":

"Crotone è una città assai meschina, posta sul mare in una penisola. È cinta di altissime e solidissime mura. Esse sono dannose alla città perché le tolgono la libera ventilazione dell'aria. Ha una sola porta la quale si chiude ogni sera alle due ore. La città presenta un aspetto squallido, non si vede neppure un edificio mediocre. È piena di immondizie, scoscesa e con strade irregolari. La cattedrale è un edificio con nessun gusto, sembra un vero e proprio magazzino. Gli agricoltori di Crotone sono pochi e poveri, e ciò si osserva in tutto il marchesato."

E il pensiero andò immediatamente alla ricerca di una similitudine tra la geografia dell’Italia, per apparir il male mezzo gaudio, e la trovò, però, solo nei Sassi di Matera, la città vergogna d’Italia che Carlo Levi descrisse nl 1945 nel suo libro “Cristo si è fermato ad Eboli”:

“Arrivai ad una strada che da un solo lato era fiancheggiata da vecchie case e dall’altro costeggiava un precipizio. In quel precipizio è Matera. Di faccia c’era un monte pelato e brullo, di un brutto color grigiastro, senza segno di coltivazioni né un solo albero: soltanto terra e pietre battute dal sole. In fondo un torrentaccio, la Gravina, con poca acqua sporca ed impaludata tra i sassi del greto. La forma di quel burrone era strana: come quella di due mezzi imbuti affiancati, separati da un piccolo sperone e riuniti in basso da un apice comune, dove si vedeva, di lassù, una chiesa bianca: S. Maria de Idris, che pareva ficcata nella terra. Questi coni rovesciati, questi imbuti si chiamano Sassi, Sasso Caveoso e Sasso Barisano. Hanno la forma con cui a scuola immaginavo l’inferno di Dante. La stradetta strettissima passava sui tetti delle case, se quelle così si possono chiamare. Sono grotte scavate nella parete di argilla indurita del burrone. Le strade sono insieme pavimenti per chi esce dalle abitazioni di sopra e tetti per quelli di sotto. Le porte erano aperte per il caldo, io guardavo passando: e vedevo l’interno delle grottesche: non prendono altra luce ed aria se non dalla porta. Alcune non hanno neppure quella: si entra dall’alto, attraverso botole e scalette”.

Poi, d’improvviso, come d’incanto, si ritrovò immerso tra le viuzze del suo antico paese che la furia del terremoto non aveva ancora distrutto. Era il 9 luglio 1806, quelle casette bianche, per lo più di creta, ammucchiate sulle tre colline del "Turrazzo", facevano da capolino sulla sottostante pianura che le dolci acque del fiume Neto avevano nei secoli modellato. Il fiume luccicava, quasi fosse un metallo, sotto i raggi del sole cocente e la sua luce disegnava nel cielo i bagliori dell'aurora.

La malaria era presente nell'intera comunità a causa del ristagno dell'acqua nel suolo e nel sottosuolo durante le inondazioni e le piene del fiume. Il terreno, tipicamente argilloso, tratteneva le acque e la mancata presenza di opere di scolo favoriva l'impaludamento e il proliferare di zanzare infette che con le loro punture trasmettevano la malattia, che spesso diventava mortale. Questa la motivazione principale, oltre naturalmente a quelle difensive, per cui la comunità si era sempre insediata, nel tempo, sulle colline con il nome, prima, di Rocca San Pietro di Camastro, sulle alture di Tanzanovella, e poi di Casale di Terrate, sulle alture del Cupone a 39° ed 11' di latitudine boreale, a 34° e 52' di longitudine orientale dal meridiano del ferro. Stava poi a greco da Santa Severina, a libeccio da Strongoli, a maestro da Crotone.

Le vie del paese, in quella giornata estiva, brulicavano nella promiscuità, tra animali domestici e bambini che giocavano, e spesso il loro abbigliamento sudicio si confondeva con le galline che sembravano far parte integrante del gioco. Solo il richiamo delle grida delle madri, che da ogni umile casa invocavano i loro nomi in quelle viuzze, interrompeva quei giochi polverosi di un tempo passato. Giovani donne quasi sempre incinte perché costrette a sopportare fino a 15 gravidanze, una ogni due anni, per assicurare la manodopera e mandare avanti il lavoro nei campi. Salendo le viuzze gli occhi di Fabio entravano furtivamente, ma con delicatezza, all’interno delle tante misere case; una fra esse destò la sua attenzione: un tugurio, per lo più coperto di legno o di paglia, esposto a tutte le intemperie. L’interno era squallido: un povero letto con i guanciali che emanavano l’odore del granturco e uno spazio da dividere con gli animali che razzolano tranquillamente per casa. Una giovane donna, tutta intenta a raccogliere il filo sul fuso, mostrava il suo stato nubile attraverso i suoi lunghi capelli sciolti; di fronte a lei la mamma, con i capelli intrecciati, lavorava al telaio. Addossate ai muri, panche e cassapanche che contenevano tutto il necessario per il sostentamento della famiglia, ma soprattutto il corredo nunziale per la figlia. La “maiddra” (maida) era in bell’aspetto, inclinata ad una parete, pronta per il rituale della lavorazione della farina per il pane settimanale. La porta di casa era l’unica apertura dalla quale entrava l'aria e la luce ed usciva il fumo prodotto dalla minestra tipica dei contadini: il “buglione di ceci” che cuoceva dentro un pentolone d’ acqua con abbondante farina e sale direttamente sulla legna accesa su una piastra di ferro al centro della casa. Poi la donna aggiungeva acqua aromatizzata con rosmarino, salvia e pepe. L’anziano di casa tagliava il pane, quasi sempre fatto di frumento, orzo, castagne o segale, ma anche di lenticchie, fave e miglio che la sera veniva intinto da tutti i componenti della famiglia, nel pentolone e usato come cucchiaio.

Ogni tanto, qua e là, qualche casetta con i muri di pietra e mattoni incastrati, legati con l’argilla e il tetto di tavole, sulle quali erano posate le tegole. Nei pressi dell'abitazione si vedeva un piccolissimo orto, considerato molto importante, perché da esso si ricavavano i prodotti da mangiare per tutto l'anno che andavano interamente ai contadini che li coltivavano senza alcun obbligo nei confronti del signore feudale. Su di loro già gravava tutta l'imposizione fiscale, il focatico e soprattutto l'odiata tassa della manomorta, pagata dai servi della gleba, spesso alla chiesa.

La casetta dell'unico "scarparu" (calzolaio) era impregnata di strani odori: colla, pece, grasso, cromatina. All'interno alcuni anziani scambiavano quattro chiacchere con lui che partecipava alla discussione senza mai togliere lo sguardo dal lavoro. Era il periodo in cui con le scarpe avveniva una sorta di passaggio del testimone: il componente più grande le passava al più giovane. Quando i campagnoli dovevano rientrare in paese, facevano buona parte del tragitto scalzi, con le scarpe a penzoloni sulle spalle legate per i lacci, indossandole solo in prossimità del centro abitato. Era un metodo per limitarne al minimo l'usura.

Più avanti, un odore acre di bruciato, annunciava la casetta del "Furgiaru" (Fabbro e Maniscalco), tutto intento a ferrare un cavallo con una procedura molto laboriosa. Dopo aver immobilizzato l'animale, schiodava il ferro da sostituire e tranciava le punte dei chiodi uscenti estraendole da sotto con delle tenaglie. L'unghia veniva poi limata e rifinita con scalpello e coltello. Ne veniva quindi valutata la grandezza e la forma. A questo punto si forgiava un ferro nuovo o, in alternativa, se era della misura giusta, se ne sceglieva uno fra quelli già preparati. In-

fine, veniva provato sotto l'unghia e si modificava affinché aderisse con precisione.
Ma "u furgiaro" era anche fabbro e godeva di molta considerazione in paese. Di lui non si poteva fare a meno; ciò nonostante, era visto con sospetto ostile, soprattutto dai credenti, in quanto considerato corresponsabile delle sofferenze di Gesù in croce, per aver creato i chiodi della crocifissione. Con l'incudine, le pinze, le tenaglie, i martelli e le mazze, il fabbro modellava le barre di ferro incandescenti, che cedevano sotto i suoi colpi vigorosi, diventando zappe, vanghe, mannaie, accette, falci, picconi, roncole, ferri di cavallo e brocche. Il fuoco doveva essere vivo e ininterrotto. Per aumentare il tiraggio sul carbone di legna, il fabbro utilizzava un mantice a forma di soffietto fatto di legno e cuoio.

Una filatrice, invece, considerata la giornata calda, stava al di fuori della sua casetta a filare la lana con la rocca e il fuso. Questa era stata precedentemente "cardata" (pettinata) e fatta passare e ripassare tra due assi di legno contrapposti, dai quali fuoriuscivano lunghi chiodi. La lana filata veniva poi raccolta in matasse, lavata in acqua calda, quindi usata per fare calze, maglioni, maglie, scialli ecc. Il lavoro durante l'inverno veniva svolto nelle stalle, dove la gente era solita trascorrere la serata al caldo delle mucche.

La sua vicina di casa, invece, era intenta a filare il lino, coltivato in grande quantità nella pianura del Neto. Dietro quel filo di lino che la donna "incannava" (avvolgeva in uno strumento fatto di canne), c'era un processo di lavorazione lungo e laborioso, che andava dalla semina di settembre alla filatura estiva. I prodotti realizzati servivano per gli usi comuni. Quelle cassapanche addossate ai muri, all’interno delle case, sicuramente dovevano contenere i prodotti del lino come: strofinacci, tovaglie, lenzuola e il corredo per la sposa, oltre alla “linazza”, il lino grezzo che serviva a riempire i materassi.

Dal borgo sottostante si udiva la voce sempre più forte “dell’ammula fuarbici, curtiaddri e zappuni” (arrotino), che si avvicinava in paese per offrire il servizio di affilare le lame di coltelli, forbici e altri utensili.

Anche “U quadararu”, (calderaio) che veniva sempre da fuori, oggi stava offrendo il suo servizio in uno spiazzo antistante la piazza. Era tutto intento a rimettere a nuovo una vecchia pentola di rame rotta applicando una pezza che ricavava da una pentola vecchia o in disuso e che, con chiodini di rame, applicava dalla parte esterna. Poi la rimetteva a nuovo stendendo dello stagno sulla superficie resa liscia, lucente ed uniforme, con una matassa di canapa che veniva strofinata fino a che il lavoro non diventava perfetto.

La cosa che più attraeva l’attenzione di Fabio era la cantilena che ripeteva di continuo:

“Nui simu conza quadare; simu venuti i Cusenza. Di le brutte ci facimu pagare, alle belle facimu cridenza.” (Noi siamo riparatori di pentole; siamo venuti da Cosenza. Dalle brutte ci facciamo pagare, alle belle facciamo credito).

L’incontro o, per meglio dire, lo scontro con il “Capiddraru” che gridava a squarciagola: “Canciativi i capiddri” (Cambiatevi i capelli) tra le viuzze del paese, fu per Fabio un momento di smarrimento. Le donne abbandonavano le case per fare capannello intorno all'ambulante. Ognuna portava dentro uno scatolino i capelli caduti durante le strigliate che facevano, ogni pomeriggio, fuori di casa insieme alle vicine. Poi si procedeva alla trattativa per lo scambio con oggetti casalinghi che il "Capiddraru", quasi sempre trasandato, teneva dentro un cestone. Alcuni scambi che le donne pretendevano, però, sembravano impossibili, e allora tutto adirato il "Capiddraru" raccoglieva la merce di scambio nel cestone, che metteva a tracolla sulle spalle, e via per un altro vicinato dove, sicuramente, tutto sarebbe ripreso come prima.

Era quasi l'imbrunire, il sole accarezzava le montagne della Sila e le "lavannari" (lavandaie), stanche e bagnate, rientravano dopo aver lavato i panni. Un lavoro duro il loro; partivano la mattina presto per il vicino torrente o addirittura per il fiume, con la cesta dei panni sulla testa, la "lissiva" (cenere) del camino in un canestro e tanto, ma proprio tanto "olio di gomito" (forza), per strofinarli e batterli sulle pietre poste alla riva del corso d'acqua.

Alcune volte, per disinfettarli dalle pulci e dalle cimici, gli indumenti venivano bolliti nella "Quadara" (Pentolone) di rame annerito nel tempo dal fuoco. Asciugati al sole sopra l'erba venivano poi raccolti nella cesta e portati in paese per essere distribuiti, dietro misero compenso, ai proprietari.

Le lavandaie, però, erano persone felici che cantavano, sole o in coro con le compagne, allegre filastrocche e canzoni della memoria popolare, per allietare il loro duro lavoro, ma nello stesso tempo si divertivano a raccontare i segreti di tutto il paese, ingigantendone spesso, a dismisura, le già intricate storie.

Più saliva le viuzze, più scorgeva delle gradevoli e ampie costruzioni che facevano da scenario all’intera piazza principale; al centro la chiesa matrice di San Martino Vescovo, amministrata dall’arciprete Tommaso Marrajeni, con il suo campanile che dominava l’intera vallata. All’interno la cappella laicale del SS. Rosario della famiglia Marzano, amministrata da un Cappellano, quella delle anime del purgatorio, amministrata dal sacerdote D. Nicola Pacetta, quella del SS. Sacramento, amministrata da D. Nicola Buffone e infine quella laicale della SS. Trinità della famiglia Pignanelli, amministrata dal sig. Giacinto Severini di Santa Severina.

Ai lati i palazzi e alcune case in muratura di famiglie benestanti del tempo come i Pignanelli, i Marrajeni, i Gallo, gli Ape, i Mancini, gli Scordo, i De Franco, facevano da cornice alla chiesa madre e alla casa comunale e segnavano, visivamente, il contrasto con il resto del paese.

È in questo viaggio interiore, in questa visione magica del passato che Fabio incontrò i suoi avi in quella casa in fondo alla piazza che, posta a sinistra della chiesa matrice, volgeva lo sguardo sul Neto.

La finestra, senza vetri e dalle imposte di legno, aperta sul lato della piazza dava alla casa un po’ di respiro, in quel caldo pomeriggio, e Fabio ne approfittò per porgere il suo sguardo discreto all’interno di essa dove vide ed ascoltò, in sofferto silenzio, quello che stava accadendo.

Giovanni e Angela erano gli anziani di casa: lui 44 anni, di professione Massaro, lei un po’ di anni in meno, anche se ne dimostrava di più. Il piccolino, da poco nato, era in braccio alla mamma; tre bambini ancora, tra i 5 e i 6 anni gironzolano per la casa; il più grande dei figli era invece Francesco, 15 anni, e di lì a poco sarebbe diventato il sindaco del paese. E proprio su quest’ultimo lo sguardo di Fabio diventò a un tratto pieno di ammirazione, avrebbe quasi voluto parlargli con gli occhi e confidargli la sua discendenza, ma come avrebbe potuto spiegare? Sapeva di non poter rivelarsi a lui e allora quello sguardo tornò dolcemente ad assopirsi. Fabio aveva incontrato il suo trisavolo in quella casa che volgeva lo sguardo sul Neto ed era felice.

Il feudatario era un tale Don Giuseppe Bianco che aveva intestato il feudo di Rocca per conto della Certosa di Santo Stefano del Bosco pochi anni prima, nel 1801, mentre il sindaco del paese era Antonio Romei.

Intanto, all’altro angolo della piazza, un nutrito numero di persone ascoltava un cantastorie che, con linguaggio semplice e spontaneo adatto a suscitare emozioni e sentimenti, declamava storie tragiche, allegre o strampalate e, a seconda dei casi, la gente si commuoveva o sorrideva ascoltando le vicende che narrava. Le eroiche gesta di Orlando e Rinaldo appassionavano anche i bambini.

Dal campanile della chiesa si poteva osservare l’immensa valle del Neto, che da levante terminava a mare per circa 10 miglia e da ponente terminava presso Santa Severina per circa 5 miglia. Verso tramontana un miglio separa il fiume dal paese.

Guardando verso i monti della Sila si vedevano a sinistra il Santuario della Madonna di Setteporte e a destra il Santuario della Madonna della Pietà.

Entrambi erano posti, sorprendentemente, alla stessa distanza dal campanile, come a voler significare l'unità spirituale con la Chiesa Madre.

Ai piedi del paese numerose le grotte rupestri, scavate nell'arenaria e risalenti alla preistoria, che delineavano un quadro suggestivo di quel luogo arroccato sulle tre colline, tipicamente natalizio, ricovero al contempo non solo agli animali ma anche a qualche nucleo familiare.

Il borgo sottostante, con le casette quasi tutte terranee, la chiesetta dell'Immacolata e il conventino dei Monaci dell'ordine di Sant'Agostino completavano l'agglomerato urbano del paese con i suoi 688 abitanti.

Fuori dal paese, a circa un miglio, sorgeva il Convento dei Certosini di S. Stefano del Bosco che, il 19/10/1764 acquistò il feudo di Rocca di Neto e lo mantenne fino al 1783.

A due miglia circa, si trovava il Monastero Cistercense di "Santa Maria delle Terrate", sorto nel 1178. Santa Maria delle Terrate iniziò una fase di rinascita di Rocca di Neto, già Casale di Terrate, determinandone la ripresa economica. L'abbazia aveva, infatti, la funzione di promuovere la cultura e di favorire anche le attività agricole dell'area dove si era insediata. Compito che i monaci cistercensi assolsero egregiamente per alcuni secoli, modellando il paesaggio agrario di Casale di Terrate mediante la coltivazione di vigneti, di alberi da frutto e, attorno agli abitati, di orti.

Tutti e tre gli enti religiosi furono soppressi e i loro beni messi a disposizione della "Cassa Sacra", istituita per dare sostentamento alle popolazioni colpite dal terribile terremoto del 1783 che provocò più di 100.000 morti nella Calabria Centrale e Meridionale.

L'antico castello, posto sulla collina di fronte "Tanzanovella", era in abbandono, ma la sua incombente presenza era sempre viva tra gli abitanti.

Nonostante la tranquillità che traspariva dalle umili case, questa terra martoriata continuava a vivere nell'assoluta miseria e rassegnazione.

Erano trascorsi circa tre secoli, da quando il paese aveva fatto da cornice a quella straziante storia d'amore medioevale tra Enrichetta Ruffo ed Antonio Centelles che aveva visto svanire il sogno del riscatto di un popolo oppresso dai prepotenti feudali e nulla era cambiato perché quella martoriata terra continuava la sua esistenza nell'assoluta miseria e rassegnazione.

Il malcontento cresceva in ogni parte a destra e a sinistra del fiume Neto e la povertà rendeva impossibile la vita delle masse popolari, all'interno delle quali, ormai da anni, cominciavano a nascere bande armate che, pur saccheggiando casali e centri abitati, non erano, comunque, malviste dalle popolazioni locali, in quanto esse colpivano, in maggiore misura, i ricchi baroni o i proprietari terrieri, allo scopo di vendicare le ingiustizie sociali.

Cap. II

L’albero della Libertà

Erano pochi anni che era scoppiata la Rivoluzione francese e Napoleone Bonaparte aveva conquistato Napoli mettendo sul trono suo fratello, Giuseppe Bonaparte, il quale dichiarò decaduta la dinastia dei Borbone e proclamò la Repubblica Partenopea.

E mentre la vicinissima Crotone abbracciava i valori giacobini, Rocca di Neto non apriva le porte ai francesi, malgrado questi venissero ad istaurare principi di vera libertà e di evidentissimo progresso. Non c’era odio verso i nuovi conquistatori, solo rassegnazione e bisogno di stare in pace. Ad ogni modo, questo atteggiamento di ostilità nei confronti del popolo d’oltralpe fu pagato a caro prezzo.

Quella sera del 9 luglio accadde qualcosa di imprevedibile che tolse la serenità al piccolo paese arroccato sulle colline del Turrazzo.

Il banditore cittadino apparve all’improvviso nella piazza principale provocando un certo trambusto tra la gente che quella sera era accorsa in massa a seguito della presenza del cantastorie e dopo il classico suono della sua trombetta e le consolidate parole: "Sintiti, Sintiti, Sintiti" annunciò:

"Un drappello di soldati Francesi sta muovendo da Crotone per giungere a Rocca di Neto".

Allora da ogni casa, baracca, umile dimora e dai palazzi della nobiltà la gente usciva nelle strade inveendo contro l'invasore francese e radunandosi nei punti strategici delle tre colline del Turrazzo, armata di ogni cosa atta ad offendere e decisa a tutti i costi a non fare entrare in paese i nuovi conquistatori.

Chi aveva avvisato il banditore? Chi stava fomentando la rivolta? Qualcuno in paese fiancheggiava sicuramente i briganti perché una banda di questi tagliagole, che era scesa da Caccuri, era già schierata all'ingresso del paese per unirsi alla popolazione che mai, da sola, avrebbe potuto tenere testa ai Francesi.

Fabio si alternava tra i punti nevralgici della collina del Turrazzo raccogliendo le paure e le ansie di quella povera gente che, nell'attesa dei Francesi, si dava sostegno e coraggio. Tra di loro un giovane di appena 21 anni di origini nobili, il magnifico D. Francesco Buffone, che attrasse la sua attenzione. Aveva preso posto nella parte alta della prima collina a destra del canyon accovacciato dietro un enorme masso; al suo fianco la giovane e bella moglie, che gli sarebbe stata vicino in quelle che sarebbero state le ultime ore della sua giovane esistenza. Donato Bagnato di 50 anni, bracciante, armato solo del suo coraggio e della sua umiltà di uomo vissuto, aveva preso posto a fianco ai due giovani ragazzi. Il giovane e l'anziano, il nobile e il povero uniti in quella assurda resistenza perfettamente inutile, per una difesa del despotismo dei re e dei potenti. Entrambi colpevoli di non aver saputo cogliere i grandi mutamenti sociali che il vento della Rivoluzione francese stava soffiando in una terra martoriata e che avrebbe sicuramente instaurato principi di vera libertà e di progresso. Sarà stata la diffidenza verso i nuovi stranieri o forse l'attaccamento per i Borbone o l'ignoranza e la povertà oppure, forse, un po' tutte queste ragioni a provocare tanto odio verso i giacobini che alla fine si sarebbero dimostrati artefici di tanti rinnovamenti. La presenza di un uomo vissuto dava comunque ai due giovani ragazzi una certa sicurezza, quasi un senso di protezione in una calda serata di luglio che stava per diventare fatale anche per il povero Donato.

Era conosciuto in paese per aver assistito, cinque anni prima, all'assedio della città di Crotone da parte dell'esercito della Santa fede in nostro Signore Gesù Cristo che, guidato dal Cardinale Calabrese Fabrizio Ruffo, costrinse i giacobini alla resa, dopo che questi alcuni mesi prima avevano liberato la città con il sostegno del ceto agiato e culturalmente elevato, esponenti delle migliori famiglie della città, che videro di buon occhio la nascita della repubblica partenopea contro la monarchia Borbonica, tra cui i Suriano e i Lucifero, mentre del tutto indifferenti la quasi totalità della popolazione che allora contava circa 3000 abitanti. Peccato, però, che, trattandosi di una rivoluzione importata, essa generò subito le sue prime debolezze. Fu gestita infatti da persone che erano imbevute dei principi teorici della rivoluzione che, nonostante l'adesione generosa, appassionata e convinta alle dichiarazioni di principio, non si tradussero in fatti concreti.

Fu proprio da Donato Bagnato che Fabio apprese quanto accadde la sera del 05/03/1799 raccontando, con dovizia di particolari ai due giovani amanti, i fatti che portarono alla riconquista di Crotone da parte dell'esercito del Cardinale Ruffo.

"Ero arrivato molto presto quella mattina del 05/03/1799, appena in tempo per entrare in città. Dovevo fare degli acquisti quando dietro di me la porta della città si richiuse velocemente, contrariamente agli orari di norma fissati per l'apertura e chiusura. Qualcosa di importante stava accadendo fuori dalle mura; tra le strade della città era un fuggi fuggi generale, a stento riuscii a capire quelle voci che davano per imminente un attacco alla città da parte dell'esercito Sanfedista e come un automa anch'io mi misi a correre seguendo d'istinto la gente che cercava di trovare un riparo."

Approfittando dell'indifferenza della popolazione verso il nuovo vento rivoluzionario e dell'assenza temporanea dell'esercito francese, tornato in larga misura in patria per difenderla dagli Austriaci, il Cardinale calabrese Fabrizio Ruffo, uomo colto, raffinato, frequentatore a Napoli della corte del Re e a Roma di quella del Papa, completamente alieno da interessi materiali e personali, ottenne il via libera di ricostruire il regno se pur nell'assoluta incredulità, da parte del re Ferdinando che, dopo la nascita della repubblica partenopea, si era rifugiato a Palermo sotto la protezione degli Inglesi.

Con la nomina a Vicario generale del regno, il Cardinale sbarcò sulle coste calabresi con appena sei uomini nei territori che erano feudo della sua famiglia, sventolando la bandiera bianca che sarebbe stata destinata a diventare il vessillo delle Armate della Santa Fede, un'accozzaglia di malandrini ed emarginati di ogni genere. Ruffo invitò le popolazioni a insorgere in nome della religione e del re. I parroci fecero suonare le campane, la sollevazione diventò popolare e incontenibile. Nel giro di pochi giorni furono più di quattromila. Passò per Palmi, da dove indirizzò un proclama ai coraggiosi Calabresi, quindi fu a Monteleone, Pizzo e poi a Catanzaro. Ora, però, bisognava prendere Crotone che, seguendo i moti di ribellione contro i Borboni nati in tutto il meridione, aveva proclamato la sua adesione alla Repubblica Napoletana; poi sarebbero caduti tutti i paesi limitrofi di quel marchesato, anch'esso feudo della famiglia nell'alto medioevo, che avevano fatto una scelta repubblicana.

Nel frattempo, per contribuire alla causa, gli Inglesi avevano fatto sbarcare un migliaio di galeotti, fatti uscire dalle carceri, sulle coste calabresi e due bande di briganti capeggiati da Antonio Santoro e Nicola Gargiulo che il cardinale Ruffo assegnò a Nicola Gualtieri, detto Panedigrano, un abile e coraggioso brigante che lui stesso aveva assoldato.

"Ormai era notte ed avevo trovato riparo in una casa diroccata alla periferia della città, quando l'esercito del cardinale Ruffo, che si era posizionato poco distante dalle mura cittadine, iniziò una lieve offensiva a colpi di cannone; fu allora che cominciai a vagare per la città senza nessuna meta"

La città era poco preparata all'assedio e sin dai primi colpi s'iniziò a discutere della strategia da seguire: resistere o arrendersi. Forte di questo primo assalto, il cardinale inviava un suo emissario per ottenere la resa incondizionata della città senza spargimenti di sangue, sicuro che un'ipotetica resistenza avrebbe riscaldato gli animi di quella ciurma di delinquenti sulla nobilissima città di Crotone nel cui tempio Pitagora insegnava i suoi misteri, nella cui arena Milone uccideva un toro con un solo pugno, portandone sulle spalle la carcassa e mangiandone in un solo giorno tutta la carne, e in cui nacquero illustri personaggi della medicina antica come Alcmeone e filosofi pensatori come Filolao.

Bisognava tenere alla larga dalla città quell' accozzaglia di delinquenti che lui stesso aveva assoldato, lontano soprattutto dalla rinomata bellezza delle donne che fornirono a Zeus i modelli per Elena di Troia. Fu un sogno che svanì non appena un nutrito gruppo di cittadini e militari francesi venne fatto uscire dalle mura in direzione Carrara, per inerpicarsi sulle colline di Farina e circondare il nemico. Una mossa che si sarebbe rivelata fatale per i giacobini e crotoniati simpatizzanti rivoluzionari. Infatti, un altro brigante, il famigerato Panzanera, il più temuto tra i briganti del Cardinale, con la sua banda reagì energicamente causando la ritirata dei soldati francesi.

"Una furia devastatrice, quella notte tra il 17 e 18 marzo, entrò in città e per tre lunghi giorni la saccheggiò. Tra di loro una figura sinistra, che molti riconobbero come il brigante Panzanera, dette inizio al saccheggio con la sua banda di delinquenti. Ovunque si udivano le urla degli abitanti; i

banditi, irrompendo nelle loro case, portarono via ogni cosa di valore che ammassavano dentro carri, carretti a mano, o qualsiasi oggetto che avesse ruote su cui caricare e portare via il bottino. Uno spettacolo lento, ma spietato; erano le case dei nobili che subivano le maggiori razzie: vidi donne maltrattate, picchiate e stuprate e vidi anche mariti costretti a subire letali violenze finché non si decidessero a svelare ogni nascondiglio che contenesse oggetti di valore. Vidi non uomini ma belve impazzite in stato di violenta euforia; vidi uomini terrorizzati; vidi tanto male che i miei occhi non dimenticheranno mai.

Furono 34 i repubblicani che caddero quella notte, e il cardinale non poté impedire che l'odio e il desiderio dei briganti di arricchirsi e vendicarsi contro i repubblicani crotonesi sfociassero in saccheggi e devastazioni.

In una missiva del 3 aprile 1799 il Cardinale Ruffo informò il re Ferdinando di aver proceduto alla fucilazione di quattro dei principali ribelli che contribuirono alla vittoria giacobina di Crotone e che non mostrarono nessun segno di pentimento. Si trattava dei nobili D. Giuseppe Suriano, D. Francesco Antonio Barone Lucifero, Capitano D. Giuseppe Ducarne e D. Bartolomeo Villaroja. Dopo l'esecuzione vennero sepolti nella Chiesa di San Francesco d'Assisi, presso quel Largo che porta lo stesso nome e che in poco più di un mese fu spettacolo di speranzoso avvenire e di lugubre ritorno al passato.

I fatti sanguinosi di Crotone costarono al cardinale molte critiche che fecero vacillare il suo esercito, ma, poiché il suo consenso era ancora forte, nel suo cammino l'armata Sanfedista gonfiò le sue file fino a giungere a Napoli il 13 maggio con oltre 16.000 uomini composti da ex carcerati, truppe baronali, soldati irregolari, cavalieri, religiosi, contadini ed artiglieri, liberando la capitale dai francesi nell'ultima battaglia al Ponte della Maddalena. Pare che i repubblicani superstiti della furia Sanfedista, tentando un'ultima e disperata resistenza, si arroccassero nel Forte di Vigliena, facendosi infine esplodere per evitare la cattura. Si chiuse così la breve parentesi della Repubblica Partenopea.

Dopo i fatti di Crotone tutti i comuni viciniori, che avevano abbracciato gli ideali giacobini, si arresero senza violenze e spargimenti di sangue.

Ora sono qua a difendere il nostro paese insieme a quegli stessi uomini che tanto male fecero ai crotoniati, ma lo faccio senza armi perché in fondo spero che i giacobini portino con loro un po' di quel vento di libertà che ha fatto grande la rivoluzione.

Quella notte del 09/07/1806 i Francesi arrivarono numerosi a Rocca di Neto e nonostante lo spirito di eroismo dimostrato dall'intera popolazione e l'aiuto dei briganti, caddero sotto i colpi dei fucili francesi, come segno del destino, il giovane e nobile D. Francesco Buffone e l'anziano e povero Donato Bagnato.

Con loro morì anche la speranza.

Alle prime luci dell'alba del 10/07/1806 il Generale Reynier, con un esercito di 2000 uomini, entrò nel canyon e trovando la popolazione ancora ostile saccheggiò il paese. Lasciò sul posto un presidio, per riportare in paese la normalità e la sera proseguì per Strongoli.

Così i giacobini, rimasti a presidiare il paese, poterono issare al centro della piazza l'albero della libertà", un rito ispirato al "calendimaggio" con cui anticamente gli agricoltori usavano in primavera celebrare e propiziarsi la natura. Alla cima dell'albero il berretto frigio rosso simbolo della rivoluzione e adorno di bandiere, veniva usato per cerimonie civili: intorno a esso si ballava, si celebravano matrimoni, giuravano i magistrati, come se si trattasse del nuovo altare della religione laica.

Nei giorni seguenti il paese fu testimone anche di efferati massacri e persecuzioni, inflitte dal presidio militare all'indifesa e infelice popolazione.

Scriverà più avanti Attilio Gallo Cristani nella sua Piccola Cronistoria di Rocca di Neto:

"I soldati del presidio ne commisero di tutti i colori, in questo infelice paese, ove qualche ribelle pagò con la vita lo spirito di rivolta che lasciava esplodere dal suo animo oltraggiato ed esasperato! Il 31 luglio del 1806 furano assassinati Antonio Vecchio, di 30 anni, oriundo di Grimaldi; Antonio Alessio di anni 42, oriundo di S.Giovanni in Fiore; il 30 ottobre, Francesco Falcone di anni 30, oriundo di Spezzanogrande; l'11 gennaio 1807, Andrea Lepera, di anni 43. Il 2 ottobre furono fucilati Antonio Macrì, di anni 25; Domenico De Pietro, di anni 30 e Michele Rosa, oriundo quest'ultimo di Pietrafitta, tutti e tre ribelli all'autorità militare dei francesi. L'ultimo fu Francesco Carvelli, oriundo di Policastro, assassinato il 24 febbraio 1808".

Passarono circa tre anni da quel 9 luglio 1806 e nel gennaio del 1809 Gioacchino Murat, che successe sul trono a

Giuseppe Bonaparte, emanò importanti leggi di spirito giacobino: il Codice penale, la regolamentazione dell’amministrazione civile; suddivise inoltre il territorio nazionale in province, distretti e governi con la collocazione di Rocca di Neto nella Provincia di Cosenza, distretto di Rossano. Cercò, senza riuscirci, di eliminare la piaga del brigantaggio. Per ultimo, ispirato dai principi della Rivoluzione, promulgò la legge sull’eversione dei feudi che costringeva i baroni a cedere parte delle loro terre ai contadini.

Così come nel 1400, quando per intercessione del Re Ferdinando d’Aragona la Madonna di Setteporte concesse i sette privilegi o grazie per le persecuzioni sofferte da parte del Principe Marino Marzano di Rossano, anche questa volta, dopo lo scioglimento del presidio militare francese, che per tre anni aveva procurato tanto dolore alla popolazione, i cittadini di Rocca vollero ringraziare la Madonna con il restauro dell’immagine della vergine avvenuta nel 1809 sotto la guida religiosa dell’arciprete Tommaso Marrajeni.

Anche questa volta la Madonna riapriva le sue porte, dopo tre anni di sofferenza, risvegliando nel martoriato popolo di Rocca di Neto l’antica fede.

Dopo tanti secoli, Rocca recuperò così tutte le terre appartenenti al demanio, grazie, però, ai Francesi contro cui si era mostrata tanta avversità e ostilità.

Dietro un compenso al comune, le terre furono svincolate dai baroni ai contadini, ma le quote erano così piccole che non consentivano di ricavarne nessun reddito. Non potendo così assolvere alle tasse comunali, le quote ritornarono ai nuovi grandi proprietari terrieri, la borghesia agraria, determinando così la nascita del latifondo. Tra questi il Barone Giovanni Barracco, il più ricco proprietario terriero di tutta Italia, che sarebbe diventato senatore del regno.

Insomma, come disse Tomasso di Lampedusa ne "il Gattopardo",

"T*utto cambia perché nulla cambi. Ossia: se tutto cambia esteriormente, tutto rimane com'è; se tutto rimane com'è, tutto può cambiare interiormente*".

Con la fucilazione del secondo e ultimo re dell'impero, Gioacchino Murat, avvenuta il 13 ottobre 1815, il Regno di Napoli tornò nelle mani di Ferdinando I, che proclamò la fondazione del Regno delle Due Sicilie.

I Nuovi governanti si dimostrarono del tutto indifferenti alle grida di dolore che giungevano dal marchesato e non fecero nulla per alleviare il malessere sociale profondo, la miseria sconfinata, il malcontento e il sopruso dei baroni feudali, anzi iniziarono a trovare nella borghesia l'alleato migliore.

Di lì a poco Rocca di Neto avrebbe vissuto uno dei periodi più efferati di tutta la sua storia.

Cap. III

L'atroce morte di Raffaele

Nella casa signorile adiacente la chiesa madre viveva Nicola Marrajeni, sua moglie, la sig.ra Caterina Pinzi, e i loro due figli: Andrea e Tommaso. Una famiglia dalle umili origini, che aveva saputo guadagnarsi nel tempo il rispetto di un intero paese raggiungendo un ruolo elevato nella comunità rocchitana, soprattutto per l'alto grado di bontà che dimostravano i componenti verso i più deboli.

Tommaso era diventato Arciprete e reggeva la chiesa madre già dal 1796, mentre Andrea si occupava delle terre di proprietà della famiglia insieme al padre. Aveva sposato la gentildonna Donna Francesca Borrelli, dalla quale ebbe due figli, Pasquale e Raffaele. Il primo seguì le sorti del padre e con lui si occupava dei terreni di proprietà; il secondo, Raffaele, aveva intrapreso gli studi universitari e stava per laurearsi in medicina presso l'università di Napoli.

Erano trascorsi un paio d' anni dalla riconquista Borbone e il paese viveva una relativa calma, con leopardiana memoria potremmo dire: "e chiaro nella valle il fiume appare".

Ma proprio lungo il fiume Neto riesplose il fenomeno del brigantaggio, quello criminale, insofferente verso i potenti e ricchi proprietari terrieri, e in particolare nel piccolo paese di Rocca di Neto, aveva preso di mira la famiglia Marrajeni, alla quale questi delinquenti avrebbero inflitto persecuzioni e lutti.

Questi manigoldi vivevano rubando ai ricchi, non per simulare i Robin Hood di oltre Manica, ma perché la povertà era così tanta che la stragrande maggioranza dei contadini non possedeva nulla da poter rubare.

Per la verità gli episodi criminali non erano mai del tutto cessati e bande di tagliagole continuavano a scorrazzare per la zona devastando e saccheggiando anche subito dopo il 1815.

Giungevano voci, infatti, dai paesi vicini di imprese criminali perpetrate da briganti diventati poi miti, come Giuseppe Meluso, detto "il Nivaro", della vicina Caccuri. Saranno i briganti di "Rosaniti" a cominciare a prendere di mira la famiglia di Pasquale Marrajeni al quale continuamente venivano estorti molti quattrini.

Tutta la famiglia viveva nel terrore che prima o poi i briganti non si sarebbero più accontentati solo di ingenti somme di denaro.

Era l'ottobre del 1818 e Raffaele Marrajeni conseguiva la laurea in medicina a Napoli. Tutto il paese era in festa e gioiva per l'alto ingegno del giovane medico che era riuscito, alla giovanissima età di 20 anni, a conseguire il più alto riconoscimento universitario. A quel tempo si accedeva al corso di medicina, che durava quattro anni, dopo aver frequentato il ginnasio. I preparativi per i festeggiamenti proseguivano in paese alacremente, le rose rosse poste in ogni dove segnavano il percorso che dall'entrata del paese il giovane medico avrebbe dovuto fare per raggiungere la piazza dove era stato allestito un banchetto con i prodotti della terra.

I rintocchi a festa delle campane delle chiesette di Setteporte, della Pietà, dell'Immacolata e della chiesa Madre S. Martino, all'unisono, annunciavano l'arrivo del giovane medico Raffaele. In paese era un assembramento generale per accaparrarsi un posto lungo il percorso. Poi ad un tratto si passò dalla gioia all'incredulità e infine allo sgomento, quando cominciò a spargersi la voce che il giovane medico era stato catturato da un gruppo di manigoldi, nei pressi di "Rosaneti", e sotto la minaccia delle armi, condotto a passi rapidi verso l'oscurità del vicino bosco, mentre gli uomini che la famiglia aveva mandato per scortarlo furono lasciati liberi per portare la richiesta di un'ingente somma di riscatto.

I briganti avevano per così dire fatto il salto di qualità: non più richieste di denaro, ma un vero e proprio sequestro di persona, a scopo di estorsione. Per arrivare a tanto c'era bisogno di tre cose: una banda con gli uomini adatti, e questi non mancavano di certo, una fitta rete di manutengoli, un'onta che graverà sull'onorabilità del paese, e infine la giusta vittima ed i Marrajeni lo erano in quanto una delle famiglie più facoltose del paese.

Nell' assoluta assenza delle forze dell'ordine, la famiglia organizzò la fase del riscatto e quello stesso giorno furono convocati a casa Marrajeni i due fidati servitori, che avevano fatto la scorta al giovane dottore, durante il viaggio di ritorno da Napoli.

In casa si respirava un'atmosfera luttuosa, tutti piegati dall'orrore rimanevano in marmoreo silenzio. I genitori di Raffaele, Andrea e Donna Francesca, stavano seduti al tavolo centrale con le mani tra i capelli pensando alla rischiosa trattativa in corso; i nonni, Nicola e Caterina, ormai anziani, si riscaldavano al camino guardando fisso le fiamme che ardevano per arrestare così il pensiero tragico di quei giorni; sul volto di Don Tommaso, invece, si coglieva una smorfia di disgusto mentre ripeteva:

"Sono bestie, ma la gente si sta ribellando, perché colgo tra i miei fedeli, tra la maggior parte dei miei fedeli, di questa terra martoriata, una condanna senza appello per quel che è stato commesso e presto il nostro Raffaele sarà liberato"

E poi ritornava a dar parole di conforto alla famiglia.

Pasquale, invece, andava su e giù nervosamente per il salone, poi rivolgendosi ai servitori:

"Avvicinatevi", indicando il tavolo centrale.

"Questa è la somma pattuita per la liberazione. Sono 70,000 ducati. Consegnateli questa notte nelle mani del capo dei briganti nel luogo stabilito e secondo le indicazioni fornite, ma prima assicuratevi delle condizioni di salute di mio fratello. Ora potete andare"

E mentre quelli si allontanavano, la famiglia ripiombava nella più assoluta disperazione per l'incubo, per ora solo l'incubo, di un possibile esito drammatico della trattativa.

La notte seguente i due servitori si presentarono a casa Marrajeni, dove la famiglia era in trepida attesa di notizie.

Entrarono con il berretto in mano, in segno di rispetto, e uno dei due si fece avanti nella stanza cercando di avvicinarsi, il più possibile, a Don Andrea, ma Donna Francesca, che per tutto il periodo del sequestro era rimasta muta nel il suo dolore, si avvicinò all'uomo e lo afferrò dalle braccia scuotendolo energicamente e gridandogli in faccia:

"Dov'è mio figlio? Cosa gli hanno fatto? Perché sei tornato senza di lui?"

Pasquale fu il più lesto di tutti a raggiungere sua madre e cercando di calmarla l'accompagnò, tra le lacrime, a sedersi. Poi, tra l'angoscia di tutti, il fidato servitore iniziò a parlare:

"Avevamo appena lasciato la vostra casa e ci avviammo al posto prestabilito per lo scambio con l'impressione, però, che qualcuno ci stesse seguendo. Prima che giungessimo sul posto un gruppo di briganti incappucciati uscì dal bosco nei pressi di "Rosaneti" e ci obbligò, sotto la minaccia delle armi, a consegnare il riscatto. Uno di loro si apprestò a contare la cifra e con un cenno della testa confermò l'esattezza della somma a quello che sembrava essere il capo della banda e questi con un tono di voce che incuteva paura, si rivolse verso di noi": "Ora tornate indietro e riferite a Don Andrea che suo figlio sta bene e che quanto prima lo libereremo."

"Ma i patti ..."

Prima che potessi finire la frase, il capo si avviò precipitosamente verso di me e avvicinandomi un lungo coltello verso la gola mi disse:

"Vi conviene ubbidire se non volete lasciarci la pelle".

" E così tornammo indietro"

Gli interrogatori durarono fino a tarda notte, poi i due si ritirarono alle loro case.

C'era qualcosa che non tornava nel racconto dei due servitori. Perché mai i briganti non avrebbero dovuto liberare il povero medico una volta pagato il riscatto? Forse il povero Raffaele aveva visto in faccia i rapitori? O forse le cose non si svolsero così come raccontate dai servitori.

Intanto i giorni passavano e del povero medico non giungeva alcuna notizia, sicché il sindaco Antonio Romei decise di aiutare la famiglia, pertanto organizzò una battuta per trovare il covo dei briganti. Era la mattina del 3 novembre 1818 e al primo cittadino si unirono i due servitori, per meglio identificare la zona dove era avvenuto il riscatto, e gran parte degli uomini del paese che, divisi in gruppi, perlustrarono i casolari abbandonati, le rive dei fiumi e i boschi vicini, ma del povero medico nessuna traccia, fino a quando le grida di uno dei gruppi attirò l'attenzione di tutti che in poco tempo arrivarono sul posto.

La scena che si presentò ai loro occhi fu raccapricciante: il corpo di un uomo fatto a pezzi era rinchiuso in un sacco che il gruppo trovò appeso ad un albero, dopo aver seguito l'odore dell'aria infettata dallo stato di putrefazione che veniva da lì.

Gli uomini restarono in un silenzio di morte, mentre i familiari presenti riconoscevano in quella testa staccata dal corpo il giovane medico, sprofondando così in un dolore atroce e in un lutto che li avrebbe accompagnati per tutta la vita. Le lacrime di quella povera gente accerchiata sui resti del giovane Raffaele dovevano, di lì a poco, ancor più segnarne il volto, poiché la notizia circolò così velocemente che sul posto giunse la madre.

Nelle lacrime di una mamma si vede sempre il dolore della Madonna e non c'è bisogno di recarsi a questo o quel luogo, che gli uomini nel tempo hanno reso sacro, per incontrarla. Ogni qualvolta che una mamma piange, là, nelle sue lacrime c'è il dolore della Madonna.

E così inginocchiata, vicino ai resti del figlio, ripeteva con gli occhi piangenti e rivolti in cielo:

"Figlio mio, figlio mio, come può la crudeltà dell'uomo arrivare a tanto?" Avrei dato tutto l'oro del mondo per vederti tornare a casa e invece sei qui, chiuso in questo sacco che raccoglie i tuoi resti, e che custodirò' come un lenzuolo sacro su cui costruirò il mio calvario."

Poi i suoi occhi si mossero verso la folla ed inconsciamente si fermarono incrociando lo sguardo dei due servitori. Un attimo e poi continuò:

"Signore mio che stai nei cieli", perdona tu gli autori di tanta barbarie perché, nonostante la mia grande devozione a Santa Filomena, io non ci riesco. Fai in modo di accorciare la mia esistenza e conservami un posto vicino a mio figlio perché ha ancora bisogno di essere abbracciato dalla sua mamma."

Su quelle lacrime, come in un'irresistibile comunione, si convogliò il dolore di tutta la gente e la commozione di tutti i paesi del circondario, perché ovunque giunse, la terribile notizia provocò astio e rabbia contro quel tipo di brigantaggio malvagio, che esasperava la vita delle comunità.

Un’apposita teca di vetro posta sull’altare della Santissima Trinità all’interno della chiesa madre di San Martino Vescovo, avrebbe custodito per lungo tempo i poveri resti dello sfortunato giovane medico, come quelli di un martire.

In paese, cominciavano a circolare i termini della trattativa tra la famiglia Marrajeni e i briganti e le voci, raccolte da un manutengolo del posto, di cui la memoria ha cancellato il nome, giunsero a quelle bestie che avevano compiuto l’orribile crimine, ma soprattutto al loro capo che, rabbioso come un cane e imprecando contro i due emissari che secondo lui avrebbero trattenuto per loro la somma del riscatto, organizzò una spedizione punitiva che lasciò il paese ancora una volta nella paura e nello sgomento.

Il sole del terzo giorno faceva capolino verso il mare e le prime luci illuminavano il paese, ma lo spettacolo che gli abitanti di Rocca si trovarono di fronte fu a dir poco raccapricciante: all’inizio del canyon che delimitava le colline del “Turrazzo”, su due pali conficcati nel terreno, giacevano i corpi mutilati dei due emissari che avevano pensato di poterla fare franca dopo aver ingannato i briganti. Le loro teste non furono mai ritrovate. Quella storia diventò leggenda e la leggenda fu raccontata nel tempo ai posteri: ancora oggi, qualche anziano del paese racconta che la notte i fantasmi dei due poveri servitori volano sulle colline del “Turrazzo” alla ricerca delle loro teste.

La vendetta del capo dei briganti fu terribile e il macabro fatto fu di monito a tutti quelli che in un modo e nell’altro avrebbero, nel futuro, osato pensare di ostacolare il suo percorso.

Cap. IV

Il Rapimento di Andrea

Il tempo passava e la vita nel piccolo borgo trascorreva, all’insegna della paura per le notizie che giungevano dal circondario di Crotone. Bande sempre più numerose pullulavano ormai nei territori limitrofi, e ogni tanto qualcuna faceva incursione nelle campagne del paese, dopo aver gozzovigliato nella solita casa del manutengolo per poi proseguire per qualche scorreria in paese.

Fu proprio in una di quelle sere che quei temerari rapirono il padre del povero Raffaele facendo precipitare, ancora una volta, la famiglia nel baratro della paura.

Era tardi, molto tardi, e nonostante la contrarietà di Donna Francesca, Don Andrea Marrajeni uscì di casa e si diresse verso la locanda del paese, dove incontrò alcuni servitori con i quali, dopo aver bevuto un bicchiere di vino, si mise d’accordo per un certo lavoro da realizzare la mattina successiva.

"Allora siamo d'accordo, domani mattina fatevi trovare verso le quattro all'inizio del borgo, così per le sette sicuramente saremo sul posto a Crotone".

Poi si alzò dal tavolo, riprese manto e cappello, che aveva lasciato all'entrata, e girandosi verso i servitori ripeté:

"Vi raccomando siate puntuali" e si avviò verso casa.

In quella taverna la vita era molto intensa: oltre a mangiare, bere, giocare e trascorrere il tempo dello svago e del riposo, spesso si prestava l'orecchio ai fatti degli altri. Qualcuno, quindi, che si trovava all'interno della locanda aveva ascoltato tutta la discussione intercorsa tra Don Andrea e i servitori e quando questi uscì dal locale, anch'egli si allontanò velocemente dirigendosi verso la casa del manutengolo subito fuori paese.

La mattina seguente di buon'ora un gruppo di briganti intercettò Don Andrea e, dopo averlo stordito con un colpo di bastone, lo trascinò via e lo condusse in una capanna, lontana dal paese, per esservi trattenuto fino al pagamento del riscatto.

I servitori, che arrivarono puntualmente sul luogo dell'appuntamento, non vedendo arrivare Don Andrea si diressero verso casa, su in paese. Tre colpi del battiporta metallico svegliarono Donna Francesca che, infilatesi in fretta e furia una sottana, aprì il portone pensando fosse il marito che aveva dimenticato qualcosa d'importante, ma quando riconobbe i contadini riprecipitò nel baratro del passato, quindi rivolgendosi loro con voce decisa, chiese:

"Dov'è mio marito?"

La stessa domanda che pochi anni prima aveva rivolto, con voce ansimante, ai servitori che giunsero in paese senza il figlio Raffaele.

Allora, però, in quelle stesse parole, rivolte in quel suono ed in quella tonalità bassa, traspariva la drammaticità del possibile evento luttuoso, mentre questa volta espresse in una tonalità più alta e decisa suscitavano emozioni diverse: tristezza e malinconia, e forse anche speranza. Mai come in quest’ultima circostanza ci si rese conto di quanto le due emozioni fossero diverse, che l’amore per un figlio è la sola ragione di vita.

A quel punto i servitori intuirono cosa era successo e mentre uno di loro prestava i primi aiuti a Donna Francesca, che era pesantemente caduta a terra svenuta, gli altri due corsero ad avvisare Don Tommaso e il figlio Pasquale.

All’alba tutto il paese ripiombò nei tristi ricordi di quel tre novembre 1818 stringendosi nuovamente intorno a quella sventurata famiglia.

Questa volta le ricerche scattarono subito e ai volontari si aggiunsero alcuni carabinieri reali che erano in servizio a Crotone, ma tutto fu vano, di Don Andrea Marrajeni nessuna traccia.

Continuarono con l’arrivo a Rocca della guardia reale che tenne sotto pressione tutto il territorio. La gran parte della banda allora si spostò per continuare il saccheggio in altro territorio, lasciando nella capanna il povero Andrea in custodia ad uno dei banditi, fino a quando l’attenzione sul rapimento non si fosse allentata.

Intanto la famiglia, questa volta, non prese nessuna iniziativa, se non quella di mettere la vita di Andrea nelle mani di Santa Filomena. Andrea sapeva che prima o poi l'avrebbero ammazzato, così concepì il disegno della fuga aspettando il momento giusto che avvenne di lì a poco.

Ormai aveva deciso, così, nonostante le mani legate e la stazza di quell'energumeno, che durante il sequestro non aveva mai avuto parole di conforto verso di lui, approfittò di un momento di sonno del brigante piombandogli addosso con lo slancio di una tigre, poi toltagli "la Valestra" (il pugnale) dalla cintola gli vibrò un colpo diretto al cuore urlando:

"Muori maledetto!"

Ma il pugnale non si conficcò per cui lo sconforto prese il sopravvento su Andrea che restò perplesso e immobile. Questi attimi di incertezza, però, gli furono fatali; Il brigante, infatti, recuperò il pugnale, quindi sfogò tutta la sua rabbia colpendolo ripetutamente con un bastone fino a farlo svenire.

Il medaglione che il bandito indossava gli aveva salvato la vita, poiché il colpo inferto dal pugnale fu deviato.

Tanta era ora la rabbia di questo animale che volle punire il povero Andrea in un modo orribile. Portò il corpo ormai esamine al centro della capanna, gli legò fortemente anche i piedi con una fune, poi uscì fuori per dar fuoco al rifugio e lasciarvi carbonizzare la vittima. In quel momento, però, Andrea rinvenne e a quel punto il brigante gli rinnovò, con compiacimento, il suo pensiero:

"Ora morirai bruciato vivo e dirò ai miei compagni che è stato un incidente"

In quel momento il povero Andrea raccomandò la sua anima a Santa Filomena, verso cui aveva una particolare devozione, e promise di costruirle una chiesa, se avesse operato il miracolo di liberarlo da quella morte orribile.

Non so se fu per intercettazione della Santa o per caso, ma, mentre il brigante si accingeva a dar fuoco alla capanna, sopraggiunsero i compagni col loro capo, il quale sentendo le sue parole e apprendendo la dinamica dell'accaduto, in un processo sommario ne decise la condanna a morte per non aver saputo custodire Andrea che addirittura venne liberato.

"Quello che è successo oggi sia di monito a tutti voi. Chi pensa di poter disubbidire agli ordini dati o chi pensa di poter trarre vantaggio personale dalle situazioni cambiando le regole, deve sapere che questo non è un gioco, ma è la nostra vita che abbiamo liberamente deciso di intraprendere nel bene e nel male. Se non possiamo fidarci di un nostro compagno, come potremmo fidarci del popolo che è sempre stato vittima di una strana malattia che è quella di lasciarsi condizionare nei giudizi e nelle passioni dai vincitori, dimenticando il passato e i suoi eroi? Forse un giorno saremo tutti arrestati o peggio uccisi, ma fino ad allora la nostra guerra verso i ricchi e i prepotenti possiamo vincerla solo se tutti noi saremo fedeli fino alla morte".

Il segnale che il capo aveva lanciato fu un avvertimento ai compagni, mentre la liberazione del povero Andrea serviva sicuramente ad allentare la presa della guardia reale sul territorio, e non era certamente un'opera di carità nei confronti della famiglia.

Andrea Marrajeni, così, poté abbracciare i familiari increduli per averlo visto tornare a casa sano e salvo. Una volta rimessosi da quella terribile esperienza, si apprestò a rispettare il voto fatto a Santa Filomena prima della liberazione.

Da Napoli arrivarono sia la statua che il reliquiario. Bisognava, ora, dare avvio a tutte le procedute per la costruzione della chiesa da dedicare a Santa Filomena.

Cap. V

Il Terremoto

L’otto novembre 1830 era salito al trono di Napoli Ferdinando II. Nel bene e nel male fu una delle personalità più lungimiranti che il Sud abbia mai prodotto prima. Non bisogna dimenticare che nacque in Sicilia, dove la famiglia si era trasferita a seguito della seconda invasione francese del 1806 e dove sicuramente era venuto a conoscenza, se pur da bambino, della vita martoriata dei villani contadini che per tutto l’anno curvavano la schiena nel lavoro con la zappa, pagavano le decime, tremavano davanti ai baroni e si inginocchiavano davanti al prete, non per fede, ma per superstizione.

Per questo si impegnò fino alla sua fine per dare al regno un carattere unitario forte, e farne un vero stato meridionale nel quale far convivere i popolani con i nobili cercando, nello stesso tempo, di difendere i primi dalle prepotenze dei secondi. E grazie ad una politica economica ispirata alle teorie economiste francesi, cominciò a realizzare importanti infrastrutture insieme a una, sia pur timida, industrializzazione che fece diventare il regno delle due Sicilie il più potente tra gli stati italiani, anche se le ataviche ingiustizie sociali continuavano a gravare sulle spalle delle classi più povere, provocate anche dall’avidità dei baroni. Tutto ciò attirava, però, l’invidia degli inglesi e francesi, che si sentivano minacciati nella loro supremazia economica in Europa. Per questo, più avanti, avrebbero favorito la conquista del meridione da parte dei piemontesi.

Un Re moderno e sagace al punto che gli fu offerta la corona d’Italia che lui rifiutò per due motivi principali: primo per non fare un dispetto al Papa e alla chiesa, essendo cresciuto all’insegna della fede e della cristianità, secondo perché non sentiva tutta questa italianità, nonostante avesse sposato il 21 novembre del 1831 Maria Cristina di Savoia, quarta figlia del Re Vittorio Emanuele I; dalla quale avrebbe avuto come erede Francesco, il mitico “Franceschiello”, ultimo re del regno delle due Sicilie che a sua volta avrebbe preso in moglie la bellissima e temeraria duchessa di Baviera Maria Sofia, sorella della mitica Sissi, e cognata dell'imperatore Francesco Giuseppe.

Forse, e questo pensiero tormentava Fabio, la storia del meridionale sarebbe stata tutt’altra cosa, ma il nuovo re manifestò un eccesso in senso confessionale, forse perché educato in tal senso, che pesò sullo sviluppo e sulle possibilità di modernizzazione del regno. Il Re, cresciuto nella convinzione di essere re per grazia di Dio, soleva dire che il Regno era difeso per tre lati dall'acqua di mare e per il quarto dall'acqua santa.

“Nel bene e nel male”, e questo fu il male, il male del Sud.

Basta ricordare, a riguardo, che la religione cattolica, oltre ad essere quella di Stato, era l’unica ammessa, ed era vietata la professione di altri culti; per questo, anche gli ebrei italiani accettarono di buon grado gli occupatori sabaudi che sarebbero tornati e avrebbero contribuito a finanziare il falso mito dell'unità. Con Ferdinando la chiesa acquisì un potere enorme, dalla proprietà della gran parte dei terreni agricoli, fino alla gestione diretta dell'istruzione primaria, con le maestre e i maestri che vennero cacciati via per far posto ai preti.

A questo grande Re Rocca di Neto diede il suo nome, ma prima visse il più memorabile avvenimento della sua esistenza.

E fu ancora Fabio a farci rivivere quei terribili momenti che segnarono la notte dell'8 marzo del 1832 quando, all'1:00 e 35 minuti, e per 11 lunghissimi secondi, un terribile e devastante terremoto si abbatté sul nostro piccolo paese, tuttavia in questa occasione egli non usò le sue parole, ma quelle magicamente descritte dal Maestro Attilio Gallo Cristiani, nel suo libro "Piccola cronistoria di Rocca di Neto" pubblicato nel 1929 e dedicato alla memoria di suo padre, il Dott. Domenico Gallo Arcuri, non solo per non fare un torto al maestro, ma soprattutto perché l'oblio non cancellasse il dolore di quella povera gente:

"L'otto marzo 1832, verso le ore 18, il paesello era immerso nella quiete della sera; i contadini ritornavano dalla campagna e le campane della Chiesa Matrice e delle chiesette dell'Immacolata e di Sant'Agostino del Borghetto sottostante, vibravano nel mistico silenzio del morente giorno i flebili tocchi dell'Ave Maria, a cui avevano risposto dalla muta campagna, come dolce e salmodica eco, le campane di Setteporte e della Pietà. Il cielo si andava coprendo di enormi e tetri nuvo-

loni, dai quali, di tanto in tanto, si sprigionava il guizzo sinistro di qualche lampo, che gettava come uno sprazzo sanguigno su quel povero mucchio di case, seguito dal cupo e minaccioso brontolio del tuono, che faceva precedere l'imminente scatenarsi di una tempesta.

Le viuzze del paese erano solitarie e silenziose, e su quegli umili tetti si stendeva diafano e bianchiccio il fumo dei comignoli d'ogni casa, a guisa di tenuissimo velo, come per coprire l'arcana dolcezza d'amore che palpitava, dopo un giorno di lavoro, in quelle modeste dimore, davanti alla lieta fiamma del focolare, o attorno a una panca mensa, su cui si effondeva il tepore di una scodella di fragrante minestra. E ogni casa si andava man mano illuminando dal fioco chiarore delle lucernette a olio. E mi par di vedere con l'immaginazione i padri, stanchi del travaglio quotidiano, ma pur giocondi e placidi, coi figlioli sulle ginocchia, mentre seguono con lo sguardo sorridente e dolce le proprie compagne, nelle liete faccende della sera, come premurosi tutti di raggiungere l'ora desiata dell'arcano amplesso, nel riposo ristoratore del sonno.

Ad un tratto, la collina parve come scossa da una forza sconvolgitrice; un sordo rombo si propagò per l'aria tenebrosa, e nello stesso tempo uno spaventevole fragore, per il crollo delle case, fece echeggiare nell'oscurità un frastuono infernale e confuso; e poi, mille urli disperati, gemiti desolanti, affannose invocazioni alla divinità, gemiti, pianti, grida di terrore per ogni dove!... il terremoto! Vergine immacolata, salvaci!

E dai rottami, tra il rotolio dei sassi, nel sonante frastuono di tegole cadenti e nelle dense nuvole di polvere, il brulichio umano, inerpicandosi tra le macerie, annaspando nel buio, rotolando e chiamandosi a squarciagola da mille direzioni e in una orribile confusione, cercava scampo nella fuga affannosa, sbandandosi in varie direzioni per la sottostante campagna. Era un continuo singhiozzare, un angoscioso chiamarsi di madri, di figli, di padri! Un continuo invocare disperatamente la Vergine Immacolata, in quelle fumanti macerie, a cui pareva facessero eco altre invocazioni che si andavano dileguando per la tetra oscurità della pianura e delle vallate! Uno sbaragliamento raccapricciante, senza vedersi, senza potersi aiutare, senza il conforto dell'unione.

E qua e là cominciava già a vedersi qualche lumicino, sotto gli ulivi, in qualche capanna di frascame presa d'assalto. Qualcuno tentava di tornare in paese, per cercare fra le macerie della propria casa qualche coperta, qualche pastrano, onde ripararsi alla meglio dal freddo e dall'umidità della campagna, nella veglia desolante di quella funestissima notte. E mentre gli urli del primo momento si andavano man mano chetando, qualche voce ormai disperata andava chiamando, nei pressi delle rovine, le persone che mancavano e che certamente dovevano essere rimaste sotto le macerie.

Di tanto in tanto, l'istantaneo bagliore di qualche lampo illuminava quei raggruppamenti che non rifinivano mai dall'invocare aiuto e protezione alla vergine Immacolata. E, mentre i bambini rallentavano nel sonno i loro gemiti di spa-

vento, gli uomini e le donne si sentivano qua e là recitare fervorosamente preghiere.

Ma il cielo nero e minaccioso scatenò anche la sua collera tremenda su quei miseri; una spaventevole tempesta di pioggia, con fulmini e vento impetuoso, accrebbe ancora l'enormità dell'orrore di quella notte infernale! L'ira inesorabile di Dio si manifestava nell'esplosione raccapricciante della furia degli elementi!

E il sole del 9 marzo, nel suo eterno ed impassibile apparire all'orizzonte illuminò il quadro desolante della più tragica devastazione e di altri episodi inenarrabili di raccapriccio e di terrore.

Dalla circostante campagna, erano tutti risaliti sulle macerie per estrarre le vittime. Fu aperta tra i rottami della chiesa matrice la sepoltura comune, per adagiarvi pietosamente, senza bara, come nel grembo eterno della misericordia di Dio, i corpi sfracellati di quei miseri. Oh, quali scene strazianti! Precedevano sulle rovine la croce e l'Arciprete D. Tommaso Marrajeni in cappa nera, seguito dal popolo singhiozzante. Al ritrovamento di ogni cadavere, la scena macabra suscitava grida di spavento ed espressioni di angoscia; e la povera vittima sfracellata, composta alla meglio su di una rustica tavola, facente da barella, veniva portata in sepoltura, fra i gemiti singhiozzanti tutti! Quanto durò quel tormentoso lavoro di ricerca? Chi sa! Dovette essere come eterno per quei derelitti!"

Quella mattina si contarono dieci vittime che la memoria dei rocchitani, purtroppo, nel tempo, ha dimenticato. Perché essi non cadano nell'oblio questo libro ne ricorderà per sempre i poveri nomi:

"Vincenzo Conforti, Teresa Conforti, Rosa Ambrese, Rosa Catanzaro, Salvatore De Vuono, Antonio Fabiano, Vincenza Clemente, Teresa De Marco, Lucrezia Pedretti, Vittoria Ruberto".

Altri morirono in seguito alle gravi ferite, mentre i circa 700 sopravvissuti si stabilirono in luoghi improvvisati e tutti distanti l'un con l'altro, disperati e senza alcun sostentamento. La maggior parte di essi, circa 36 nuclei familiari, avevano trovato riparo in baracche di frasche, nelle immediate vicinanze del paese in un luogo chiamato "Manca di S. Pietro a Griffi", dove alla tragedia del terremoto si aggiunse quella dell'incendio. Infatti, divorate dalle fiamme, alcuni giorni dopo morirono Teresa Passafaro, moglie di Giuseppe Lepera e la figlia Concetta Lepera. Tutto andò perduto: le case e gli affetti, ma mai la fede e la speranza soprattutto nei confronti della Vergine Immacolata alla quale il popolo di Rocca di Neto, per ottenere la salvezza, fece il voto solenne del digiuno il 7 dicembre di ogni anno a venire, fino alla fine dei tempi, alla vigilia della sua festa.

Alla fine, anche a causa del maremoto conseguente, che allagò una vasta zona tra Steccato di Cutro e Catanzaro Lido, in tutto il marchesato si contarono complessivamente 234 morti e, insieme a Rocca di Neto, anche Mesoraca e Cutro furono interamente rase al suolo, per l'intensità della forza distruttrice, che raggiunse il decimo grado della scala Mercalli.

Immagine 1. Maremoto, steccato di Cutro.

Nei giorni seguenti due periti, Giovanni Fabiano e Michele Corigliano, su incarico del nuovo sindaco, il Dott. Francesco Gallo, medico chirurgo e appassionato di musica, figlio di Rosario Gallo, di professione artigiano e della Nobil Donna Vittoria Bonacci, tracciarono una comoda strada sui terreni demaniali che portano alla serra del Casino. Ed è in quelle terre, nelle immediate vicinanze delle Terrate, luogo più accogliente e salutare, che verranno costruite temporaneamente le baracche in legno per riunire in un solo luogo i cittadini dispersi.

Nel regno borbonico tanto bistrattato l'intervento, se pur condizionato dalla mancanza di vie di comunicazione e dalla natura aspra dei luoghi, fu repentino e la macchina dei soccorsi e della solidarietà si mise subito in moto. Già il 14 marzo, sei giorni dopo la scossa, il governo dispose i primi finanziamenti per fronteggiare l'emergenza e procedere all'acquisto di viveri e medicinali.

Il 25 giugno di quell'anno l'intendente della Calabria Giuseppe De Liguoro, accompagnato dagli ingegneri di acque e strade Trauso e Bansan, fece visita al popolo di Rocca di Neto, per l'occasione, riunito presso la località Griffi, per consegnare personalmente un primo contributo di 3 ducati ai poveri senza tetto e comunicare la decisione sovrana del cambio del nome del paese da Rocca di Neto a Rocca Ferdinandea richiesto dal decurionato (consiglio comunale) in onore del sovrano Ferdinando II, nella seduta del 31 maggio 1832 , oltre l'impegno di finanziare la ricostruzione con la somma di 8000 ducati.

In quello stesso giorno, considerato l'alto impegno profuso dall'Intendente, il decurionato decise di dare alla strada maestra, che avrebbe percorso l'inizio del nuovo paese fino alla nuova chiesa matrice, il nome di "Strada Giuseppe De Liguoro".

Il nuovo paese fu riedificato dopo circa un anno sul sito attuale, e costruito con le tecniche ingegneristiche antisismiche del tempo. L'ingegnere Vincenzo Sassone ne curò la progettazione e la direzione dei lavori, e siccome era pure architetto regalò al paese una concezione topografica ed estetica meravigliosa, dall'aspetto severo e nello stesso tempo signorile. Al viandante che per la prima volta volgeva lo sguardo dava piacevole sorpresa e ammirazione. Le 40 casette di legno costruite con il finanziamento della casa reale e dal comune, per ospitare i più bisognosi, in sostituzione delle baracche costruite di gran fretta dopo il sisma, nella loro semplicità e umiltà stonavano con i lussuosi e armoniosi palazzi delle famiglie facoltose e nobili del paese come: palazzo Ape, palazzo Gallo, palazzo Mancini e naturalmente palazzo Marrajeni. Quella triste tragedia che aveva accumunato ricchi e poveri nel dolore e nella speranza finì, ancora una volta, per evidenziare le differenze e il nuovo paese sarebbe diventato sempre di più lo specchio dei suoi contrasti socioeconomici e urbanistici.

Cap. VI

La morte di Andrea e Donna Francesca

Ricostruito il nuovo paese, dopo il terremoto, Andrea Marrajeni rispettò la promessa fatta durante il sequestro e cominciò a costruire la chiesa di Santa Filomena. Erano trascorsi ormai più di 20 anni dall'orribile assassinio del giovane medico Raffaele e dalla liberazione di Andrea da parte dei briganti e in casa Marrajeni il tempo sembrava si fosse fermato in quel lontano 1818.

Per chi crede, sapere che il proprio figlio non ha sofferto durante la morte diventa rassicurante, per cui al terribile dolore e all'incredulità iniziale subentra nel tempo la rassegnazione e si inizia a prendere contatto con la realtà. La morte violenta di Raffaele e la consapevolezza della sua inevitabile sofferenza non fece mai trovare pace a una mamma, che continuava a vivere in una sofferenza senza fine. È così che viveva Donna Francesca chiusa nel suo struggente dolore.

L'inizio della costruzione della chiesa di Santa Filomena, invece, aveva dato, inizialmente, ad Andrea la forza di guardare avanti, di dare un senso a quella vita, sia pure profondamente segnata dal patimento, trascorrendo quanto di essa ne rimaneva con la sua famiglia, suo figlio Pasquale e i suoi due nipoti Antonio e Diodato. Tuttavia, la tragica esperienza vissuta, il ricordo di Raffaele e soprattutto gli occhi spenti, ormai da troppo tempo, di Donna Francesca avevano peggiorato il suo stato di salute costringendolo, negli ultimi tempi, a un assoluto riposo. La mattina del 12 maggio 1841, le cose d'improvviso precipitarono. Andrea Marrajeni si sentiva confuso, irrequieto, agitato, ma nello stesso tempo sempre più stanco e debole, il respiro cominciava a rallentare, i sensi si appannavano e a stento riusciva a parlare. Il sangue stava abbandonando, lentamente, le zone periferiche del suo organismo che diventavano sempre più fredde, per concentrarsi sugli organi vitali; il corpo si stava preparando a spegnersi e la morte presto sarebbe sopraggiunta: allora capì e con le ultime forze rimaste fece cenno a Pasquale di avvicinarsi pronunciando le sue ultime volontà:

"Ti lascio il sacro ordine di ultimare i lavori della chiesetta di Santa Filomena, non solo per sciogliere il mio voto, ma perché tuo fratello possa ritrovare il suo corpo, che la malvagità degli uomini ha straziato con violenza disumana."

Alcuni attimi di lunghi sospiri e poi...

"Ma soprattutto fai in modo che tua madre riesca a trovare quella pace che gli fu rubata quel maledetto giorno del 3 novembre 1818".

Poi, con fatica, tese una mano sotto il guanciale e gli consegnò una lettera.

" Fai in modo che tua madre possa leggerla".

E con la mente consapevole, la morte lo sopraggiunse lasciando la pace sul suo volto, in quella casa in Via Neto quella mattina del 12 maggio 1841. E mentre Il figlio Pasquale, i nipoti Antonio e Diodato, e gli altri famigliari si dimostravano sofferenti a questa assenza che aveva riempito la loro vita, in Donna Francesca l'elaborazione del lutto appariva bloccata dai segni del passato, mentre si evidenziavano, in modo sempre più chiaro, quelli della depressione, della disperazione e del vuoto. Un senso di identità perduto a causa di un lutto troppo prolungato nel tempo la rendeva ormai impassibile, seduta in disparte, quasi estranea di fronte alla morte del marito.

E fu Pasquale il primo ad avvicinarsi alla madre trascinando con sé una piccola sedia. Poi con un gesto di affetto e di amore, sedendole a fianco, le asciugò il volto, mentre Donna Francesca piangeva il suo sposo in doloroso silenzio. Allora unì il suo pianto a quello della madre, e quando i suoi occhi furono puliti dalle lacrime, iniziò a parlare:

"Avrei voluto che non toccasse a me leggerti questa lettera che Papà mi ha consegnato prima di morire; so di spezzarti ancora il cuore e so anche che piangeremo ancora tanto insieme, ma alla fine dovrò farcela perché questa è stata l'ultima volontà di Papà".

Sistemò meglio la sua sedia di fronte a quella della madre e si sedette avvicinandosi all'estremità di essa, quasi a volersi inginocchiare, poi le strinse forte la mano, cercando nei suoi occhi un gesto di assenso per iniziare la lettura che arrivò di lì a poco, quando le dita dell'altra mano di sua madre cominciarono, inaspettatamente, ad accarezzare i capelli di suo figlio come solo una mamma sa fare. Erano passati 20 anni dalla morte di Raffaele, e mai un gesto di così profondo affetto aveva mai ricevuto da lei. La luce del sole che penetrava dalla finestra alle loro spalle creava un alone attorno all'immagine tenera di maternità, e agli occhi bagnati da sofferenza vissuta, fece rivivere in quella stanza l'immagine della Madonna e del bambino. Per la prima volta Donna Francesca, dopo tanti anni, se pur in quella identità perduta, ritrovò una sua dimensione, in quei segni di amore e di affetto nei confronti di Pasquale, sempre di più accarezzandolo e sognandolo bambino.

Ora mamma e figlio erano uniti in un abbraccio tenero e pensoso e Pasquale ritrovò allora il coraggio di iniziare a leggere la lettera del Padre:

"Mia nobile e amatissima sposa...

Ho imparato in tutti questi anni che la vita è fatta di gioie e dolori, ma alla fine è la polvere in cui cadiamo che racconterà la nostra esistenza e con essa ci presenteremo dinanzi al barcaiolo nudi con tutte le nostre colpe e i nostri errori, non tanto con la gloria o le gioie che quella stessa vita ci ha regalato. Affronterò quest'ultimo viaggio nella consapevolezza di essere stato un buon padre, ma certamente non un buon marito. Avrei dovuto starti più vicino in quegli anni del dolore, condividere con te il pianto per Raffaele, forse oggi anche la mia morte sarebbe stata più lieve.

Ti ho amata, però, per tutto quel tempo che ti sei allontanata da tutti noi, ti ho amata con tutta l'anima, con tutto il mio cuore, con tutta la mia forza, ma contro quei demoni che ti hanno rubato la vita nulla ho potuto. Tante sono state le ma-

schere che ho provato ad indossare, di volta in volta, per cercare di entrare in quel tuo mondo di pace e serenità, di sorprendente dolcezza e umanità, di fragilità e paura, ma alla fine mi sono sempre arreso, nascosto sotto quelle maschere per quel senso di impotenza che provavo ogni volta che mi illudevo di poter curare il tuo stato d'animo: la tua malattia. Hai vissuto in una sorta di limbo in terra nella speranza che la morte venisse a prenderti e invece... invece è venuta a prendere me. Se il disegno di Dio è questo allora non avere più paura, io vado avanti e con Raffaele saremo lì ad aspettarti sicuro, questa volta, che la mia maschera sarà il mio stesso volto, e allora torneremo indietro nel tempo per rivivere ciò che questa vita ci ha tolto.

A presto amore mio"

Nel teatro, come nella vita, sono le uscite di scena che ricevono gli applausi e Andrea ne avrebbe ricevuto tanti quella mattina se il destino non avesse anticipato troppo velocemente le sue richieste. Anche Donna Francesca abbandonò la scena in quella casa in Via Neto e lo fece dopo aver desiderato la morte per oltre 20 anni, senza fare rumore, silenziosamente, con tutte e due le mani che accarezzavano i lisci capelli di Pasquale, e gli occhi che guardavano con nuova luce Diodato e Antonio, mentre ascoltava le ultime parole di Andrea nella convinzione di raggiungere, presto, il suo Raffaele perché la morte non chiude mai il sipario alla vita.

Cap. VII

I f.lli Bandiera a Rocca di Neto

L'anno successivo Pasquale Marrajeni completò i lavori della Chiesetta Votiva sciogliendo così il voto fatto dal padre durante la prigionia.

Intanto, dopo un breve periodo di relativa calma, il brigantaggio, divenuto oramai un male endemico, riesplose più forte che mai nelle nostre contrade e nei paesi vicini. Per la verità gli episodi criminali non erano mai del tutto cessati e bande di tagliagole continuavano a scorrazzare per la zona devastando e saccheggiando. Dopo il processo al Brigante Giuseppe Meluso, detto "Il Nivarro", condannato per l'attacco alla guardia urbana di Caccuri e Castelsilano, che più avanti incontreremo nello sbarco dei F.lli Bandiera, la guardia urbana di Cerenzia, nel 1842, coadiuvata dai guardiani del barone Barracco, sgominò la banda del brigante Panazzo di Casabona che da anni imperversava nel territorio al confine con Rocca Ferdinandea e Caccuri.

Ma al brigantaggio, in questo periodo, si contrapposero i moti rivoluzionari, con i fatti di Cosenza del 15 marzo 1844, che furono il primo germe di tutte le successive agitazioni, le quali porteranno all'Unità d’Italia ed ebbero vasta risonanza non solo in Calabria ma in tutta Europa.

Un gruppo di giovani colti, amanti di novità, intolleranti dei giochi imposti ad una massa inattiva, rassegnata, abbruttita dall'ozio e dalla miseria, contro il falso mito dei briganti, si sforzava d'infondere in quella gente i valori della libertà.

Questa sfortunata sommossa cosentina antiborbonica al grido di “Italia e Costituzione”, doveva impossessarsi del palazzo del comune e obbligare l’Intendente a riconoscere il nuovo governo costituzionale, ma si concluse tragicamente con la morte di 4 rivoltosi, tra cui il Patriota Salvi caduto con il tricolore in mano (ancora oggi conservato presso il comune di Cosenza), con un suicidio e con la condanna alla pena capitale dei 5 capi della rivolta, che avvenne nel vallone di Rovito l’11 luglio del 1844. Il coraggio e il distacco dimostrato dai capi rivoltosi Nicola Corigliano e Pietro Villacci, di fronte alla morte, è passato alla storia:

“Arrivati nel Vallone di Rovito, Nicola Corigliano notò che Pietro Villacci tentava di non mettere i piedi nudi in una pozza d'acqua e scherzosamente gli chiese: "Hai paura di prendere un raffreddore?"

Quello stesso vallone dove si concluderà, più tardi, anche il sogno dei fratelli Bandiera di redimere l’Italia dalla servitù straniera e conseguire la libertà e l’unità nazionale svincolata da ogni preconcetto di monarchia o repubblica, che per quei tempi sembrava una folle utopia. Figli del barone Francesco, un alto ufficiale della Marina austriaca, e da Anna Marsich, si metteranno a capo della temeraria spedizione per sollevare il popolo del regno delle due Sicilie 12 anni prima di Garibaldi, non in mille bensì in 19 uomini.

Con questi ideali di libertà fondarono "Esperia", una società segreta divenuta in seguito una filiazione della "Giovane Italia" mazziniana. Rinnegati dal Padre, furono traditi da un certo Vespasiano Micciarelli, infiltrato nella Esperia e richiamati a Venezia quali principali cospiratori contro la Reggia Marina Veneta. Disertarono e si rifugiarono a Corfù dove erano già numerosi i rifugiati politici, ma non bastò il pianto di una mamma né la moglie di Attilio morente, che li raggiunsero a Corfù per implorarli di ritornare a Venezia insieme a loro e ricevere il promesso perdono dell'Aquila austriaca, a farli desistere dai loro piani rivoluzionari e dal percorso intrapreso.

I moti di Cosenza arrivarono insieme al vento di libertà che li spingeva. Seppure repressi nel sangue, ingrandirono nei due fratelli il desiderio della rivolta, il tormento dell'esilio, il fascino dell'idea rivoluzionaria e per dimostrare al popolo italiano che era meglio morire che vivere in schiavitù decisero di continuare la rivoluzione laddove era iniziata, desiderosi soltanto di versare il loro sangue per la patria e risvegliare le genti italiane. Avevano dinanzi a loro un avvenire di ridenti speranze, ma nulla fu in grado di sedurre quelle anime progressiste, riformatrici e radicali. Alle dolcezze della famiglia e agli agi della fortuna preferirono così la miseria e il patibolo.

Mazzini era venuto a conoscenza del piano dei Bandiera, e tramite l'emissario Maggiore Nicola Ricciotti cercò di scongiurarne la partenza in quanto l'impresa sarebbe stata pazza e intempestiva e di intralcio alla riuscita di altre rivolte in atto. Mazzini voleva che si lavorasse insieme per preparare una grande rivolta nelle Marche, ma tutto fu vano, anzi il Giovane Ricciotti, che in quei pochissimi giorni vissuti con i Bandiera e gli altri aveva stretto con loro un'amicizia di grande affetto, si lasciò indurre ad unirsi ai due fratelli per dividere con loro le glorie e i pericoli.

Fu Giuseppe Miller, principe forlivese, rivoluzionario da sempre, a preparare il viaggio in Calabria, sicuro che in quella terra, oppressa e schiava, avrebbero trovato il giusto terreno della rivolta.

Quando tutto fu pronto e stabilita la partenza per le Calabrie, Attilio ed Emilio Bandiera e Ricciotti così scrissero da Corfù il 14 giugno a Mazzini:

"Fra poche ore partiamo per la Calabria. Se giungeremo a destinazione, faremo il meglio che per noi si potrà, militarmente e politicamente. Ci seguono diciotto altri italiani, la maggior parte emigrati; abbiamo una guida calabrese. Ricordatevi di noi e credete che, se potremo metter piede in Italia, di tutto cuore ed intima convinzione saremo fermi nel sostenere quei principi che, riconosciuti solo atti a trasformare in gloriosa libertà la vergognosa schiavitù della patria, abbiamo assieme inculcati.

Se soccombiamo, dite ai nostri concittadini che seguano l'esempio, poiché la vita ci venne data per utilmente e nobilmente impiegarla e la causa per la quale avremo combattuto e saremo morti è la più pura, la più santa che mai abbia scaldato i petti degli uomini: è quella della libertà, dell'uguaglianza, dell'umanità, dell'Indipendenza e dell'unità Italiana. Se non riusciremo, sarà colpa del destino, non nostra."

Addio.

Nicola Ricciotti

Attilio ed Emilio Bandiera

La notte tra il 13 e 14 giugno 1844 i Fratelli Bandiera lasciarono Corfù e si imbarcarono a bordo di un pescareccio "San Spiridione" comandato da Mario Caputi insieme agli altri 19 compagni, la maggior parte dei quali sconosciuti, con destinazione la foce del Neto, con la speranza di risalire il fiume verso la Sila e giungere a Cosenza, in quella città dove partì quel vento di libertà e il sogno di un'Italia unita.

Strana la presenza di Giuseppe Meluso su quell'umile barca viaggiante il mare Ionio tra le onde della libertà, di S. Giovanni in Fiore, detto il Navarro, coinvolto nell'attacco dei briganti alla guardia urbana di Caccuri e Castelsilano che si era rifugiato nell'isola greca di Corfù sotto il falso nome di Battistino Belcastro, di cui i Bandiera ignoravano il passato. Si era aggregato al gruppo quale grande conoscitore del luogo, insieme al Corsico Pietro Boccheciampe, di anni 30, che la storia ricorderà come il traditore della spedizione. La loro presenza simboleggiava la contraddizione di due Italie, quella rivoluzionaria mazziniana e quella dell'infamità e del brigantaggio. Gli altri cospiratori che presero posto sulla barca furono Domenico Moro, di anni 25, di Venezia, Nicola Ricciotti, di anni 42, di Frosinone, Anacarsi Nard, di anni 40, di Modena, Tommaso Massoli, di anni 20, di Bologna, Giovanni Manessi, di anni 44, di Venezia, Paolo Mariani, di anni 28, di Milano, Giuseppe Tesei, di anni 20, di Pesaro, Carlo Osmani, di anni 25, di Ancona, il principe Giuseppe Miller, di 43 anni di Milano, e il suo fido cameriere, di cui si ignora il nome, Pietro Biassoli, di anni 38, di Forlì, Giovanni Venerucci, di anni 33, di Rimini, Luigi Nani di anni 36 di Forlì, Giuseppe Pacchioni, di anni 26, di Bologna, Francesco Berti, di anni 36, di Lugo, Giacomo Rocca, di anni 21, di Lugo, Domenico Lupatelli, di anni 42, di Perugia.

Anche se non lo erano, si sentivano tutti, comunque, figli della Terra Calabra, perché terra italiana. Era la prima volta, a differenza degli altri che sarebbero venuti in seguito, che Italiani venivano "per offrire aiuto e dare coraggio e sollievo, senza nulla chiedere".

Durante il viaggio Giuseppe Miller tirò fuori delle carte che passò ad Attilio dicendo:

"Una volta sbarcati dobbiamo rivelare alla gente del posto chi siamo e quali sono i nostri propositi, per questo ho scritto questi due proclami, uno destinato ai calabresi e uno agli italiani che vi prego di sottoscrivere, in calce, insieme ad Emilio e Ricciotti".

Dopo averli attentamente letti, Attilio rispose:

"Quello agli italiani è troppo irragionevole ed esagerato; quello ai Calabresi lo firmiamo subito a patto che si cancelli dal testo la parola Repubblica in esso contenuta"

E così fecero.

Così fu ancora il nostro grande fiume Neto a ricevere sulla sua riva destra, dopo quattro giorni e una notte di navigazione con mare inquieto, i 21 rivoluzionari che due ore dopo il calar del sole, domenica 16 giugno 1844, sbarcarono con la speranza di unire l’Italia. Lo sbarco venne operato in due volte, per colpa del comandante, in punti diversi, il che, attese le difficoltà del ricongiungimento dei due drappelli nell’oscurità della notte, fece perdere circa due ore. Poi il pescareccio ripartì immediatamente.

Il primo a metter piede sulla nostra terra fu Attilio che baciandola disse:

“Ecco la patria nostra; su questa terra di Calabria già cinta di sangue eroico, io mi inginocchio”

Immagine 2. Sbarco dei fratelli Bandiera

E il gesto fu seguito da Emilio, da Ricciotti e dagli altri 17 commossi cospiratori, che baciato il suolo sacro gridarono:

“Tu ci hai dato la vita, e noi la spenderemo per te.”

Gli uomini erano ben muniti di armi, ed erano vestiti in modo decisamente inusuale: camiciotto azzurro con i paramani rossi e il collare rossoverde: sul berretto spiccava la coccarda tricolore. E mentre la barca, agevolata dalla brezza favorevole, prese il largo per non farsi trovare sulla costa sospetta al sorgere del sole, il gruppo, guardingo e silenzioso, proseguì a risalire il fiume, con l’anima colma di illusione, perché credevano di trovare in Calabria un popolo in rivolta. A dare le disposizioni il Ricciotti, uomo di intelligenza superiore e di animo determinato e intraprendente, già maggiore in un reggimento spagnolo durante l’ultima rivoluzione della penisola.

Al suo fianco il Meluso, conoscitore dei luoghi, per avervi sguazzato come brigante. Era ormai quasi l’alba, quando decisero di fermarsi nei pressi della masseria “Poerio”, a otto miglia da Crotone, in un casolare miserabile e sconosciuto, di proprietà del Marchese Albani dove furono accolti dai due contadini in servizio presso la tenuta che, dopo un iniziale spavento dovuto alla vista di così tanti uomini armati, si tranquillizzarono e fecero entrare l’intero gruppo.

Ai due contadini, allora, si rivolse Attilio che per prima cosa chiese:

“*Come si sta evolvendo la rivolta Cosentina antiborbonica?*” convinto che quel vento di libertà e sogno di un’Italia unita iniziato a Cosenza fosse giunto finanche a Crotone.

“*Nel sangue, come nel sangue finisce sempre ogni tipo di ribellione*” rispose Bruno Abruzzini, uno dei due contadini. Quella notizia provocò sul volto dei cospiratori contemporaneamente tristezza e paura, uno stato emotivo difficile da nascondere e subito percepito dai due contadini:

“*Noi siamo abituati alle notizie tristi e ormai non ci facciamo più caso; siamo diventati un popolo rassegnato e sconfitto.*”

Rispose l’altro contadino, Battista Misiano.

"Dove sono allora le sommosse, i moti, gli eserciti nascosti sui monti?" pensò tra sé Attilio.

A confermare quanto detto dai contadini fu il massaro del Marchese Girolamo Calojero, che giunse sul posto seguito da quattro guardiani: Filippo Massari, Giuseppe Rocco, Francesco di Stagno e Giovanni Ammirati, tutti uomini provenienti da vari fondi del Marchese, avvertiti da quest'ultimo che voleva essere ragguagliato sulle intenzioni del gruppo, che ribadirono agli incursori la totale assenza di moti e sommosse e smentirono ogni voce riguardante presunti eserciti nascosti sui monti.

"Ovunque regna la massima tranquillità, essendo stati ormai dispersi o catturati coloro che avevano tentato la sommossa due mesi prima a Cosenza. L'ordine è stato ristabilito con la prigionia dei facinorosi". continuò Girolamo Calojero.

Una vera e propria doccia fredda per chi credeva, fino a un attimo prima, di trovarsi circondato da una folla pronta alla rivolta.

Allora Attilio esterrefatto imprecò gridando:

"Siamo stati vittime di un fatale inganno, la nostra sorte è terribilmente disperata"....... Una lunga pausa, poi:

"Ma cosa possiamo fare adesso? Ritornare? La barca è già lontana! Non possiamo costituirci!"

E mentre andava, nervosamente, su e giù per quel casolare, i suoi occhi incrociarono quelli smarriti del Calojero che per rassicurarlo gli consegnò un prezioso pugnale che aveva attaccato alla cintura invitando quegli uomini a unirsi alla loro causa. A quel punto, ormai sicuro della fedeltà del gruppo, intervenne Giuseppe Miller che rivolgendosi al Calojero disse:

"Ecco, questa è una copia del nostro proclama per liberare la Calabria, affiggetelo nella piazza principale di Crotone servendovi del pugnale in modo che il proclama e il pugnale vengano osservati come l'albero giacobino della libertà".

Quel manifesto firmato da Attilio ed Emilio Bandiera e anche da Nicola Ricciotti venne messo nelle mani del Caloiero, che sembrava entusiasta del coinvolgimento e che, rassicurata la comitiva che avrebbe provveduto ad assoldare gente da integrare al gruppo, partì subito per Crotone per informare il Marchese Filippo Albani, che ricopriva pure la carica di capo della guardia urbana, ansioso di aspettare ragguagli.

Poi garantì al gruppo che sarebbe sicuramente tornato con viveri e uomini, quindi si diresse per Crotone, con la gioia di un bambino che ha ricevuto un inatteso regalo, leggendo per strada quel proclama:

"Libertà, Eguaglianza, Umanità. Indipendenza, Unità.

Calabresi!

Al grido dei vostri fatti, all'annunzio del giuramento italiano che avete fatto, noi, attraverso ostacoli e perigli, dalla prossima terra d'esilio siam venuti qui a schierarci fra le vostre file, a combattere le vostre battaglie, ad ammirare la bandiera dell'Italia che avete coraggiosamente sollevata.

Vinceremo o moriremo con Voi, o Calabresi! Grideremo come Voi avete gridato, che scopo comune è di costituire l'Italia e le sue isole di nazionalità libera, una, indipendente; con Voi combatteremo quanti despoti ci combatteranno, quanti stranieri ci vorranno schiavi ed oppressi. Calabresi, non è epoca remota quella in cui avete distrutto sessantamila inva-

sori condotti da un italiano, il più grande capitano di Napoleone. Armatevi dell'energia di allora e preparatevi all'assalto degli austriaci che vi reputano lor vassalli, vi sfidano e vi chiamano briganti.

Continuate, o Calabresi, nella generosa via, che con splendidi successi avete dimostrato voler unicamente percorrere, e l'Italia resa grande ed indipendente chiamerà la vostra la benedetta tra le sue terre, il nido della sua libertà, il primo campo delle sue glorie.

In nome degli esuli italiani sbarcati in Calabria."

Il documento fu celermente consegnato al Marchese che si prese la notte per decidere il suo coinvolgimento.

Intanto i patrioti, nonostante tutto, con nel cuore le tenebre di un sogno che forse stava per fallire e avendo inutilmente atteso i promessi viveri, decisero di lasciare il casolare e di marciare ugualmente alla volta di Cosenza, dove i recenti moti liberali del 15 marzo lasciavano ben sperare in una sollevazione generale che avrebbero potuto e dovuto essi stessi suscitare, soffiando sulle ceneri ancora calde.

Con tali speranze, attesero la sera, cibandosi di una povera zuppa di fave e dissetandosi con acqua, quindi si incamminarono lungo la sponda destra del Neto, procedendo con buona lena, guardinghi nella notte, fin quando, ad un certo punto, si accorsero che Pietro Boccheciampe era letteralmente svanito nel nulla, nel buio della notte.

Attilio, mostrando nobiltà d'animo, non pensò minimamente al tradimento, ma che si fosse smarrito o fosse finito in qualche fosso, colto da malore. Si preoccupò, pertanto, prima di riprendere il cammino verso la Sila, di trovare il modo per poterlo aiutare.

Dopo una fugace consultazione tra i Bandiera e Ricciotto, quest'ultimo scrisse un biglietto e lo consegnò ad Abruzzino, uno dei due contadini che si erano uniti al gruppo, da consegnare al Calojero:

"Ieri vi abbiamo chiamato nostro amico, e tale ancora vi crediamo. Nella notte abbiamo dovuto abbandonare la masseria perché l'ora e già troppo avanzata. Durante il cammino verso San Giovanni in Fiore abbiamo sventuratamente perso un nostro compagno; quindi adesso vi chiediamo di prestarvi quanto più potete per salvarlo e tenerlo nascosto. Per adesso non potete dare maggiore prova di amicizia e di patriottismo. Trattenetelo fino a quando sarete sicuro di potercelo consegnare."

In effetti, Boccaciampe, durante la sosta alla masseria Poerio, una volta ascoltate le notizie poco rassicuranti circa la situazione politica cosentina, constatando che a quel punto la faccenda poteva pericolosamente complicarsi, valutò bene l'ipotesi di staccarsi prima o poi dal gruppo. Cosa che fece verso l'una e mezzo di notte. Fingendo una slogatura, si diresse a Crotone dove pernottò nella locanda "Da Bastuna" in Piazza Umberto e la mattina seguente si presentò al Sottintendente di Crotone Antonio Bonafede per denunziare gli scopi della spedizione, sicuro che questi avrebbe mostrato indulgenza e perdono. Ammesso che il Boccaciampe quell'idea l'avesse maturata solo dopo aver appreso le notizie negative della sommossa cosentina e non prima.

Il Sottintendente cittadino, venuto a conoscenza dei piani eversivi del gruppo rivoluzionario, ordinò di riunire la guardia urbana e i gendarmi disponibili per muovere contro la spedizione. Nello stesso tempo scrisse ai capi urbani di quei territori che la spedizione avrebbe potuto oltrepassare per raggiungere San Giovanni in Fiore, ordinando loro di occupare le strade di accesso.

Prima che si facesse giorno i patrioti arrivarono nel bosco di Santa Elena, sulla riva sinistra del fiume, in territorio di Scandale, dove trascorsero la notte tra il 18 e 19 giugno, in un altro casolare di proprietà del barone Salvatore Drammis di Scandale, altro uomo dalle virtù patriottiche.

Qualche giorno più tardi, non si sa come, quel pugnale d'argento, fatto con la lama di una baionetta turca, donato da Attilio Bandiera al Calojero, fu trovato da un guardiano in quel casolare e consegnato al Barone Drammis che in seguito ne farà dono al medico di famiglia: il Dott. Francesco Gallo di Rocca di Neto. Quel pugnale, che ancora oggi è nelle disponibilità della famiglia Gallo come prezioso cimelio, sarebbe diventato più avanti il collante che avrebbe legato le due famiglie nel tempo e in particolare i rispettivi figli Don Vincenzo Gallo Arcuri e Donna "Mica" (Domenica).

Tra i due, infatti, sarebbe nata una tenera storia d'amore, anche se il Barone Drammis stava progettando il matrimonio della figlia con un nobile marchese napoletano alla corte di Ferdinando II, amico del Re. Ma donna Mica non si sentì di amare il Marchese, poiché amava proprio Don Vincenzo Gallo Arcuri, uno degli amministratori del padre, sin da quando egli era alle sue dipendenze ed anche dopo, quando il giovane emerse socialmente. È proprio a Donna Mica, tanto nobile da uscire dal palazzo di famiglia sempre accompagnata da due damigelle e da poter disporre di carta intestata con effige e scritta "Mica dei Baroni Drammis di Scandale", che il poeta e

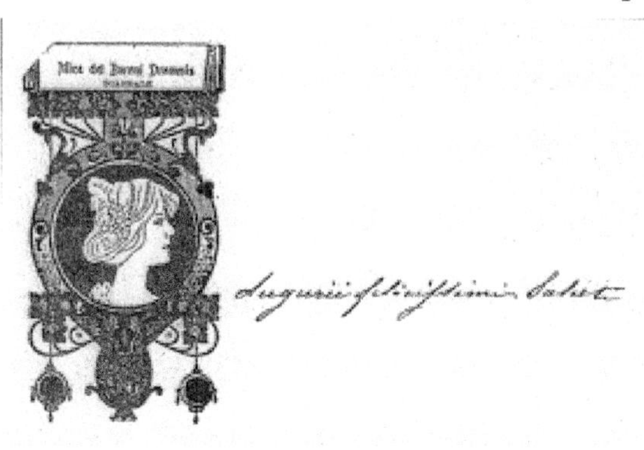

Immagine. 3 Cartolina che fu ritrovata per caso nel salone del barbiere della piazza del paese, in mezzo ai foglietti di carta che vengono ancora adoperati per pulire i rasoi

patriota dedicò la tragedia in cinque atti "Vanetta Orseolo" con nota biografica di Benedetto Croce e con dedica in prima pagina alla donna che amava:

"Alla prestantissima per cuore e per mente Signorina Domenica Drammis di Scandale. Questa tragedia che ella fu prima a leggere e generosa a compatire, consacro".

Un amore interrotto dai segni di cedimento fisico che ebbe il poeta carbonaro.

Al mattino, trovandosi nella contrada Corazzo sulla sponda destra del fiume, lo varcarono nei pressi del "Passo del Carro", per il varco di S. Elena, passarono sui ruderi della vecchia Chiesa dall'omonimo nome nel territorio di Rocca

Ferdinandea e proseguirono poi per la carovaniera di Topanello – Macchiole fermandosi per un po’ di tempo a riposarsi ai piedi dell’umile chiesetta di Setteporte. In paese, a Rocca, era un formicolio di uomini; qualcuno cominciava ad avere paura, ritornavano in mente gli scontri con i Francesi, l’intromissione dei briganti, gli arresti, i morti, ma tutto venne messo a tacere dall’intervento dei nobili del paese che segretamente covavano idee liberali e che tranquillizzarono la popolazione facendo circolare la notizia che si trattava di un gruppo rivoluzionario dalle idee liberali che lottava per un’Italia unita e che, sbarcato alla foce del Neto, si stava dirigendo verso la Sila per emulare i moti cosentini. Così il gruppo non fu per nulla molestato, anzi pare che qualcuno portò loro viveri e quant’altro.

La Madonna di Setteporte, ancora una volta, offrendo ai rivoluzionari la sicurezza sotto le sue mura, protesse Rocca di Neto illuminando gli abitanti a non intralciare quel passaggio che avrebbe potuto provocare ancora lutti e sofferenze.

E mentre il gruppo riposava sotto le frescure delle mura del Santuario il sogno di ognuno di loro si incrociò volando sugli ideali mazziniani di una rivoluzione popolare che potesse unificare il paese, sotto il segno della democrazia del suffragio universale e su una più equa distribuzione della ricchezza.

Più che sogno utopia contrastata, però, da Ferdinando II, che inizialmente aveva concesso alcune riforme e aveva dato il via a importanti iniziative di modernizzazione, come le bonifiche, la costruzione di nuove vie di comunicazione, il potenziamento della marina e una riforma fiscale; quando le rivendicazioni si fecero pressanti e libertarie tornò su posizioni reazionarie, con l'obiettivo di tenere isolato il proprio regno dal vento rivoluzionario che circolava nella penisola.

Contrasti che venivano, ancora, da uno stato Pontificio retrogrado e conservatore con Papa Gregorio XVI che aveva dato vita a un severo regime poliziesco, teso a salvaguardare i domini pontifici da qualsiasi influsso o iniziativa liberale e patriottica e per ultimo dalla mentalità cattolica della popolazione che, essendo in maggioranza contadina, era tendenzialmente conformista e tradizionalista.

La loro illusione patriottica sotto quelle mura sarebbe svanita più tardi nel sangue della repressione e del tradimento, ma un nuovo vento di libertà, forse meno partigiano e più liberale, stava per soffiare in Italia grazie alla guida di uomini come Vincenzo Gioberti, Cesare Balbo, Massimo D'Azeglio, Carlo Cattaneo e Giuseppe Ferrari costringendo i sovrani dei vari stati del regno, intimoriti anche dalla paura del popolo, a concedere diverse riforme liberali scaturite dalla sintesi delle singole idee.

Ignari di tutto ciò, la comitiva lasciò il santuario e affidandosi alla Vergine proseguì il viaggio per Belvedere Spinello.

Intanto la spedizione ordinata dal sotto intendente fece ritorno a Crotone dove riferì che il gruppo dei Bandiera aveva abbandonato la riva destra del fiume e, passando per il guado di Santa Elena, si era spostato sulla riva sinistra diretta nel territorio di Rocca Ferdinandea. A quel punto il Sottintendente ordinò ai suoi di riprendere la ricerca dei rivoltosi dopo una breve pausa di riposo, avvertendo nello stesso momento la guardia urbana di Belvedere Spinello e Caccuri. Ma, mentre a Rocca Ferdinandea il gruppo non fu ostacolato, a Belvedere le cose andarono diversamente.

La popolazione, aizzata da qualche fanatico Borbone, essendo venuta a conoscenza che nel gruppo dei rivoltosi c'era il famigerato brigante "Il Navarro" e avendo ricevuto la circolare del Sottintendente, organizzò un crudele agguato.

Due gruppi composti da cittadini e guardie urbane, armati fino ai denti con al comando rispettivamente il capo urbano D. Antonio Arcuri e il suo vice D. Luigi Falzetta occuparono le sole ed uniche due vie di accesso alla strada provinciale Cosentina.

Erano le ore ventiquattro del 18 giugno quando i rivoluzionari, sapientemente guidati, nel buio della notte tra la rupe della timpa del salto nella boscaglia che costeggia la riva del fiume, dal Miller e dal Nivaro si imbatterono con il gruppo guidato dal capo urbano Arcuri che chiese:

"Chi siete?"

"Amici" rispose il Navarro.

"Avvicinatevi uno ad uno", replicò il capo Urbano.

Ma ad un cenno del brigante i rivoltosi si allontanarono precipitosamente verso la rupe del salto, dove l'altro gruppo era pronto a sparare. Don Antonio Arcuri, però, imprudentemente si mise ad inseguire i rivoltosi gridando:

"Non fateli passare, fate fuoco!"

Furono le sue ultime parole: fu colpito a morte dal fuoco amico, così come cadde a terra Nicola Rizzuti, nipote del medesimo capo, mentre rimase gravemente ferito il gendarme Chiacchiarella che morì poi a seguito delle gravi ferite.

Quando i fatti si seppero a Rocca Ferdinandea se ne ebbe gran pena per le povere vittime, ma nello stesso tempo si deplorò la cattiveria esercitata verso quel gruppo di idealisti.

Quel gruppo di giovani ardimentosi, guidati dall’esperto brigante Meluso, che conosceva i luoghi passo per passo, perché nativo di S. Giovanni in Fiore, riuscì ad eludere l'attacco e a ripararsi attraverso il territorio di Cerenzia e Caccuri, in località "Vordò", in una dimora di campagna, una volta antico monastero di frati che, con l'incameramento e la vendita dei beni ecclesiastici, era stata acquistata dalla famiglia Lopez. In una bettola, in località Stragola, sostarono per consumare un pasto frugale di pane, formaggio ed alcune cipolle. Qui il brigante Meluso venne riconosciuto dalle persone del posto che, credendo anche i patrioti briganti, diedero l'allarme al Capo Urbano di S.Giovanni in Fiore.

Proseguirono il loro cammino e quando giunsero al Canale della Stragola, improvvisamente furono assaliti da un'orda furibonda di popolo *urlante "Eccoli! Eccoli! Arrendetevi! Viva il nostro Re! Viva Ferdinando”*, scambiando i prodi per stranieri armati. Accerchiati e assaliti, caddero Francesco Tesei e Giuseppe Mitler, mentre Domenico Moro venne ferito ad un braccio, Anacorsi Nardi ad una coscia. Il brigante Navarro, ormai riconosciuto dai suoi ex paesani, sfuggì alla cattura e si diede alla macchia.

Dodici furono catturati e condotti al Corpo di Guardia di S. Giovanni in Fiore, presso il quale fu redatto un primo verbale relativo all'arresto.

Il giorno seguente a quella cattura, il 20 giugno, furono portate in paese le salme dei caduti Miller e Tesei che, dopo essere rimaste esposte in piazza per un giorno, furono pietosamente sepolte nella Chiesa del Monastero, oggi monumento nazionale, dell'ordine florense fondato da Gioacchino da Fiore. Intanto venivano curati i feriti e il 23 giugno, secondo gli ordini pervenuti dalle autorità distrettuali, furono condotti per la via della Sila, su cavalli e muli, a Cosenza, direttamente al Palazzo dell'Intendenza. Fu interrogato solo Attilio Bandiera, che poi raggiunse i compagni nelle carceri centrali.

Il Memoriale di Marsiglia riferisce che era permesso accostarvisi e che infinite furono le prove di simpatia e di affetto che i prigionieri poterono ricevere dalla popolazione cosentina.

E mentre il Sottintendente di Crotone arrestava Filippo Albani e Girolamo Calojero, così come i quattro guardiani Filippo Massari, Giuseppe Rocco, Francesco di Stagno e Giovanni Ammirata ed il sindaco Giuseppe Zurlo, accusati a vario titolo di essere in qualche modo conniventi e di aver favoreggiato l'avanzamento dei ribelli anziché denunciarli, il 16 luglio incominciò il processo dinanzi ai giudici militari dei Bandiera e degli altri.

La sentenza di morte fu emessa con un certo ritardo per dare la parvenza di ponderata giustizia, il 24 luglio 1844 in nome di Ferdinando II e in cinquecentocinquanta copie nei giorni successivi fu diffusa nel Regno ad ammonimento degli animi indocili.

Alla vigilia del supplizio i Bandiera scrissero al padre e alla madre lettere vibranti di affetto che non si possono leggere senza patire profonda commozione.

All'alba del 25 luglio, spalancati i cancelli del carcere, comparve il triste corteo che si dispose per recarsi al luogo del supplizio fra due doppie file di soldati armati di moschetto. I condannati indossavano un nero camiciotto e le teste erano coperte con veli bruni che ricadevano sulle spalle.

I mesti accompagnatori uscivano dall'abitato e procedevano lentamente per la via della campagna, verso il Vallone di Rovito.

Per la città di Cosenza fu un giorno di lutto: i balconi, le terrazze, i poggi, le colline adiacenti brulicavano di gente alle sei del mattino, muta e oppressa da un cupo dolore.

Passarono dinanzi alla Chiesa di Sant'Agostino e Domenico Moro, additandola, domandò all'abate De Rose se là avrebbero trovato riposo le loro salme: così era stato deciso.

Poi nell'aria nitida mattutina, un canto irruppe ad un tratto, alto e chiaro, vibrante di passione:

Chi per la patria more
vissuto è assai.
La fronda dell'allor
non langue mai.

Piuttosto che languir
sotto i Tiranni,
è meglio di morir
sul fior degli anni...

Erano i martiri che intonavano un coro dell'opera "Donna Caritea" del Mercadante, con qualche variazione ai versi. I liberali avevano cambiato due versi e il coro divenne popolarissimo in tutta Italia.

Giunti sul luogo dell'esecuzione verso le 7:30, Venerucci gridò ai soldati:

"Fratelli, tirate al petto, rispettate la testa e gridate anche voi: Viva l'Italia",

e poiché i soldati esitavano, la voce del Ricciotti li esortò:

"Tirate senza paura: siamo militari noi pure e sappiamo che quando si ha un comando si deve ubbidire".

Allora i soldati spararono, ma con i colpi si udirono le grida di *"Viva l'Italia!"*. Così caddero quei prodi e, mentre Attilio implorava la palla fratricida e liberatrice, la moglie Maria, a Venezia, sognava la notte stessa l'imminente morte dello sposo e si spegneva invocandolo.

Dopo l’esecuzione un greve silenzio scese non solo su Cosenza, ma sull'Italia intera.

Quelle povere ossa, salvate con gran pericolo dai liberali cosentini, furono nascoste in una fossa del tempio dalla quale, nel settembre 1860, le trasse Nino Bixio, giunto a Cosenza coi volontari per dare loro nuovamente onorata sepoltura. Finalmente, il 16 giugno 1867 i resti mortali dei Bandiera e del Moro tornarono a Venezia dove furono tumulati nella chiesa dei SS. Giovanni e Paolo. All'apoteosi assistette la madre, che morì a 86 anni il 22 febbraio 1872.

A Parigi e a Londra gli esuli coniarono una medaglia commemorativa e Giuseppe Mazzini, Laura Beatrice Oliva Mancini, Gabriele Rossetti, Giuseppe Ricciardi ed altri celebrarono il martirio di Cosenza con prose e poesie.

A Cosenza ai Fratelli Bandiera è stato innalzato un semplice sacrario nel Vallone di Rovito. Mentre nel luogo in cui sbarcarono, in località Bucchi, presso la foce del fiume Neto, sorge il monumento forse più complesso.

Giovedì 21 aprile del 1966, all’età di 10 anni, Fabio e i suoi compagni di classe salutarono con le bandierine tricolori il Presidente Saragat che passava da Topanello per raggiungere “Bucchi” ed inaugurare il monumento ai Fratelli Bandiera.

Immagine 4. Il monumento ai fratelli Bandiera

Ecco le parole dell'arch. Volpato durante la cerimonia per il centenario, che spiegarono il monumento:

"Lo studio è impostato su forme geometriche molto semplici. Una lunga distesa di verde si trova ai piedi del mo-

numento e crea un forte contrasto con il movimento volumetrico della parte più alta. Una passeggiata, che parte dal piazzale, conduce al centro del monumento: lungo questa passeggiata sono ricordati simbolicamente, con dei settori di pietra, tutti i 17 valorosi che parteciparono all'impresa."

Il camminamento è privo di ringhiera sulla parte sinistra per rendere più suggestivo il percorso che porta al fulcro della composizione. Qui, partendo da una zona leggermente più bassa, nasce una stele molto frazionata nella parte bassa, che vuol rappresentare il nascere di un'idea di unità dalla suddivisione in vari Stati in cui allora era frazionata l'Italia. Questa stele, man mano che si eleva, acquista sempre una maggior forma e volume culminando nei quattro bracci indicanti il sacrificio di tanti patrioti per dare all'Italia l'Unità rappresentata dal blocco cavo di cemento sorretto dai quattro bracci. Questi bracci hanno, come sezione costruttiva, la stessa dei 17 settori simbolici della passeggiata, per collegare spiritualmente il sacrificio dei Fratelli Bandiera con tutti i patrioti che operarono per l'Unità d'Italia".

Quei due blocchi di pietra mancanti sono da identificarsi, sicuramente al Boccaciampe e al Nivaro.

Infatti, molti, nel tempo, addebiteranno al Nivaro la responsabilità della cattura dei fratelli Bandiera per l'incauto comportamento avuto alla Stragola di San Giovanni in Fiore e quindi per essersi fatto riconoscere dai suoi ex compaesani.

Fabio, invece, si convinse, a differenza di quel Boccaciampe che pagò il suo tradimento con una fine misera, dimenticato da tutti in quell'isola che invece poteva ricordarlo nel tempo, che sin dal primo momento in cui mise piede nella sua Calabria, Giuseppe Meluso, il Brigante, si mosse al fianco dei Fratelli Bandiera con la giusta cautela di chi ha vissuto una diversa rivoluzione. Svolse fedelmente il compito affidatogli dai due fratelli e dall'amico Muller e lo fece senza riserve da cocciuto calabrese, anche se brigante. È bene ricordare che fin dall'inizio, dalle cattive notizie ricevute dopo lo sbarco alla fattoria Poerio, se avesse voluto, avrebbe potuto abbandonare il gruppo in qualsiasi momento e dileguarsi facilmente tra i luoghi della sua terra; invece svolse il suo compito lealmente e senza titubanze. Nel brigante, forse, si risvegliò l'orgoglio della povera gente del sud e, pur sapendo di andare incontro ad una morte certa, preferì accarezzare il sogno di riscattare la sua turbolenta vita passata nel nome della rivoluzione.

Un monumento monco , quindi, che non restituisce giustizia a quel sogno di riscatto e libertà .

Cap. VIII

La Banda di Nicola Renda

Il sogno dei Fratelli Bandiera si inserì in quel contesto di valori libertari che il vento della Rivoluzione francese, nonostante tutto, aveva portato in Italia con i giacobini e i loro alberi issati nelle piazze come simbolo di ritrovata libertà. Valori che contagiarono, senza ombra di dubbio, il clima politico che si stava sviluppando in tutta Italia con i gruppi carbonari. Giuseppe Mazzini, attraverso le associazioni segrete della Giovine Italia e della Giovine Europa, continuava la sua opera di cospirazione volta alla liberazione del popolo italiano dagli oppressori e all'unione degli Stati italiani in un'unica repubblica.

Furono ricordati con sentimento d’invidia anche da alcuni briganti locali che riconobbero i loro grandi e puri ideali risorgimentali:

“O fratelli Bandiera” scrive un brigante “quanto invidio il vostro destino! Voi venivate a darci la Costituzione, ma per guarire le piaghe di questa infelice Calabria ci voleva ben altro. Si richiede un migliaio di forche per paese; si richiede

che i nostri mulini macinino tre mesi con ruote animate non dall'acqua, ma da sangue umano; si richiede che delle case dei prepotenti non resti neppure la cenere; si richiede che la mannaia cominci dall'intendente, dal procuratore del re e dal sindaco e finisca al portiere, all'usciere, al serviente comunale. Ah! Se foste nati in questi luoghi, voi, fratelli Bandiera, sareste stati Briganti!"

Passarono tre anni dall'apoteosi rivoluzionaria dei fratelli Bandiera e quello spirito era sempre presente e pronto ad esplodere in qualsiasi momento in tutta la penisola. Anche il nostro piccolo paese, che sembrava dormire in tranquillità e in pace, non obbedendo a nessuna ideologia politica, approfittò del profumo libertario che si respirava ovunque e annebbiati dalla terra, quale unica possibilità di riscatto e di sussistenza economica per le proprie famiglie, la gente occupò alcune delle terre del barone Barracco: Dattilo, Juca, Topanello, Palmento Murato, per citarne alcune. E con l'aiuto e l'approvazione del Sindaco del tempo, Francesco Fabiano, quel ragazzino 15enne in quella casa posta a sinistra della chiesa matrice che volgeva lo sguardo sul Neto, che ritenne quelle terre usurpate al demanio, furono lottizzate ed assegnate ai poveri contadini di Rocca Ferdinandea.

Fu l'inizio di quello che in avverrà in futuro con la riforma agraria del 1950 e senza alcuna rivoluzione violenta da parte della classe contadina. L'operazione, comunque, non fu la panacea di tutti i mali, poiché i contadini si videro assegnati minuscoli appezzamenti di scarsa qualità, mentre le terre fertili erano rimaste al Barracco. Il grande male del sud fu l'assoluta mancanza di un ceto medio, presupposto indispensabile per un equilibrato sviluppo sociale ed economico. Le condizioni di vita degli agricoltori erano durissime, a stento si riusciva a mangiare; una sofferenza tangibile al punto che la vita diventava una continua lotta per la sopravvivenza. E quando hai fame, quando i tuoi figli hanno fame, te la prendi con il mondo intero, ma soprattutto con chi credi responsabile di questa tragedia. E chi se non i grandi proprietari terrieri che con i loro comportamenti emulavano i soprusi e le prepotenze dei vecchi baroni? Così diventava quasi irresistibile, per molti di loro, la tentazione del brigantaggio, con il furto che diventava il mezzo più facile di sostentamento. I cattivi consigli di una miseria insopportabile, l'assoluta mancanza di livello di istruzione e una chiesa, ahimè, grossolana nelle prediche alle moltitudini e con una partecipazione delle masse più per superstizione che per fede, face prevalere negli animi di molti l'istinto di una vendetta covata nel tempo per diventare brigante ingrossando il nutrito schieramento esistente. Fabio aveva colto, in quella povera gente, anche se con anni di ritardo, un vento nuovo di libertà giacobina e quindi un desiderio di migliorare la propria condizione sociale.

I briganti difendevano i deboli, i poveri contro i padroni filibustieri e tanto bastava a fare il brigante in un paese senza Stato.

Anche per questo Rocca Ferdinandea agli inizi del 1847 fece registrare nelle sue campagne una nutrita schiera di questi nuovi banditi che, per la loro sete di sangue, incutevano nel piccolo paese paura, e a volte sdegno.

Il covo di questi briganti era nel bosco di Rosaneti, una di quelle terre tolte al Barracco; era una banda di 26 delinquenti e il loro capo si chiamava Nicola Renda di Serra Pedace. Pare fossero tutti forestieri, ma forse la paura o la voglia di dimenticare l'onta del proprio passato fece in modo che l'oblio nel tempo celasse i loro nomi. Nomi che sicuramente i nostri anziani ricordano e che bisbigliano nei loro racconti.

Una cosa è certa, i briganti avevano bisogno di gente fidata che li potesse accogliere e indirizzare verso i luoghi o le case dei benestanti del paese per saccheggiarle. "Manutengoli", così venivano chiamate queste spie che, forti dell'amicizia dei briganti, dimostravano, spesso, atteggiamenti di despotismo, di prepotenza e di minaccia verso gli umili. E questi sì che erano del luogo e i loro nomi, che vivono solo nei ricordi del passato, sono giunti comunque fino a noi.

La casa di un certo Filippo Morelli, domiciliato in Rocca Ferdinandea nei pressi di Cupone, era spesso meta dei briganti che venivano a gozzovigliare per poi spingersi a fare scorrerie notturne in paese e ritornarvi con cospicui bottini e donne di malaffare con le quali trascorrere le notti in orgia. Questi episodi ebbero frequenza così ravvicinata che la provocazione continua toglieva la tranquillità nel piccolo paese, ma soprattutto la toglieva alla famiglia Marrajeni la cui dimora era ormai divenuta destinazione usuale durante le incursioni delle bande.

Ma come la gatta che nell'avvicinarsi al lardo si avventura impavida verso un potenziale pericolo e qualche volta ci rimette lo zampino, così i briganti in una fredda sera di febbraio caddero nella trappola preparata dalla guardia urbana.

Era ancora giorno quando quel manutengolo del Morelli, avendo bevuto un po' più del solito e spavaldo come sempre, si lasciò scappare, nei pressi della locanda dell'orologio, che quella notte i suoi amici sarebbero venuti a trovarlo e che sicuramente avrebbero fatto visita in paese. La notizia circolò velocemente in paese fino ad arrivare in casa Marrajeni e portare scompiglio e paura. Quella volta, però, si ebbe il tempo di intervenire e Pasquale, figlio di Andrea e fratello del povero Raffaele, accompagnato da un nutrito gruppo di paesani, anch'essi ormai al limite della sopportazione, si recò in gendarmeria a riferire le intenzioni dei manigoldi. A quel punto il corpo dei gendarmi fu costretto a organizzare la trappola e a troncare, così, alcune dicerie di sopportazione se non di connivenza con i briganti. Nel buio della notte sorpresero il gruppo all'inizio del paese e li arrestarono tutti.

Scriverà, ancora Attilio Gallo Cristiani nella sua Piccola Cronistoria di Rocca di Neto:

"Sul posto ne giustiziarono cinque, tagliarono ad essi le teste, che poi portarono in paese e che esposero, al cospetto della popolazione accorsa inorridita, in una gabbia di ferro, appesa alle mura del vecchio Monastero dei Certosini, di Santo Stefano del Bosco, sul cosiddetto "Casino". La macabra visione di quelle teste mozzate durò per qualche mese! Era orribile, dicevano i nostri vecchi; gli occhi rimasti aperti e vitrei nella immobilità della morte sembrava che guardassero con truce espressione Edio, il sottostante paese che avevano tanto tormentato ed afflitto. Si videro man mano disfare nella putredine e nel brulichio di vermi e i bianchi teschi dalle cave occhiaie

furono levati dopo qualche tempo e buttati nei dirupi di quei pressi.”

Quello delle teste mozzate era divenuta ormai una consuetudine radicalizzata nella vita dei briganti, ma lo era pure nella ferocia dello Stato. Delinquenti e giustizieri usavano lo stesso mezzo nella battaglia. Era diventato abituale trovare in vari tribunali ambigue figure che si aggiravano con capienti ceste piene di teste tagliate e messe sotto sale perché si conservavano meglio e più a lungo.

Il resto della banda e il suo capo Nicola Rende furono tratti in arresto e portati a Crotone e da qui trasferiti al carcere di Catanzaro. L’anno successivo, nel 1850, questi riuscì ad evadere con alcuni compagni e per festeggiare la sua fuga Serra Pedace, suo paese nativo, fu teatro di un vero e proprio raduno di una decina di bande Silane. Il 16 marzo 1850, però, durante lo stato d’assedio proclamato dal regno e messo in atto, con pieni poteri, dal Generale Ferdinando Nunziante, venne ucciso in un conflitto a fuoco con gli uomini del barone Campagna di Corigliano Calabro. In quel periodo furono circa un migliaio i briganti caduti.

Il manutengolo Morelli, nel frattempo, cambiò il suo atteggiamento di uomo malvagio e spavaldo e non lo si vide più in paese per molto tempo.

Nonostante ciò, Rocca Ferdinandea continuò a subire gli assalti di altre bande di briganti che miravano ai beni della martoriata famiglia Marrajeni, così il 6 novembre 1858 il capo di una di esse, Andrea Lombardi, di S. Nicola dell’alto, con i suoi uomini, in maniera spavalda e alla presenza di un gruppo di paesani, che in quel momento si trovavano sul posto, portò lo scompiglio nelle mandrie di Pasquale Marrajeni uccidendo a colpi di fucile decine e decine di buoi e vacche.

Cap. IX

Il fiume Neto e le sue leggende

In quella piccola taverna, sotto l'orologio, tra un bicchiere di vino e l'altro, si raccontavano le storie dei briganti e se ne ingigantivano i contenuti con particolari raccapriccianti per meglio attrarre l'attenzione dei commensali, come quella che vedeva Antonio, un giovane contadino silano, diventato brigante, giocare a palla con la testa appena mozzata di Massaro Franco che un giorno lo aveva schiaffeggiato ed umiliato alla presenza della ragazza da lui amata o quella di Cola, detto il lupo della Sila. Cola era un guardiano di pecore alle dipendenze di Massaro Antonio, Giuvannuzzu, fidanzato di Anna, figlia del barone, aveva malmenato e offeso Cola dinanzi a tutta la famiglia del suo padrone. Il pecoraio allora, nel giorno del matrimonio di Anna, tagliò la testa prima al novello sposo e poi al suocero.

Un viandante di passaggio, che si era fermato a ristorarsi dal rientro da Crotone per raggiungere Santa Severina, sorseggiando il vino spesso annacquato dall'oste di turno, raccontava alcune di queste vicende che le leggende hanno tramandato fino a noi e che vivranno per sempre anche dopo di noi, poiché storie di luoghi a noi conosciuti, in quanto limitrofi, e che hanno, in un modo o nell'altro, come protagonista, una parte del nostro territorio, anzi la parte più bella e importante, di quel fiume cantato nel IV sec. a.C. dal celebre poeta siracusano Teocrito : " ... *dove crescono tutte le erbe buone, il grano di capra, conizia e cedrina dal buon odore*" e presso il cui delta la tradizione vuole fossero approdate, nei tempi remoti della guerra di Troia, le navi di un gruppo di Achei di ritorno verso la madrepatria, i quali, fermatisi ad esplorare i luoghi, avrebbero lasciato incustodite le navi prontamente incendiate dalle prigioniere troiane rimaste a bordo e stanche dell'interminabile e faticoso viaggio; un episodio la cui memoria sarebbe racchiusa nella stessa presunta etimologia del nome Neto (nave bruciata). Il nostro grande fiume, dunque, teatro di tante avventure, e Fabio, che ha avuto il dono del ritorno nel passato, invece, così ce lo descrive:

"Se la gente potesse vedere le grandi bellezze di questo fiume, resterebbe incantata dai paesaggi che esso ci regala lungo il suo percorso. Dalle lievi ondulazioni presso la foce, dove le sue tortuose acque si placano e si riposano, si inerpica man mano dopo la grande vallata verso i colli boscosi per raggiungere il cuore oscuro della sua nascita sulle alte montagne della Sila dalle quali riceve le perenni acque dai rigagnoli zampillanti dei pendii del monte Botte Donato. I suoi affluenti Vitravo, Lese, Ampollino e Arvo ne incrementano di volta in volta la portata. A destra e a sinistra, le comunità sorte a strapiombo sembrano proteggere come sentinelle il suo cammino

tra canneti, tamarici e salici verso le limpide acque dello Ionio, condividendo con esse incontri, scontri e ritualità della vita. La scomparsa di alcuni abitati come il “Neeto” (1) nei pressi di Santa Severina e la “Grancia di Santa Elena” nell’omonima località di “Santa Lena”(2), lasciano in me tanta malinconia.”

Immagine 5. L’abitato di “Neeto” com’è raffigurato in un affresco cinquecentesco della Galleria delle carte geografiche ai Musei Vaticani.

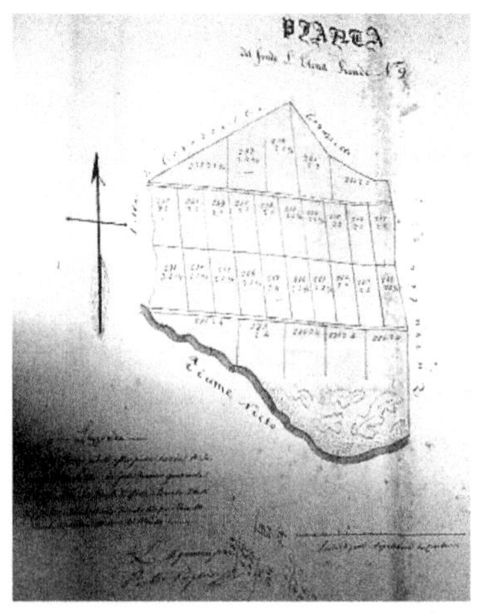

Immagine 6. La grancia di Santa Elena e i suoi possedimenti sotto l’abitato di Rocca San Pietro de Cremasto, l’attuale Rocca di Neto.

Ed è in questi luoghi che vivono, legati tra loro, gli altri racconti che quella notte nella piccola taverna sotto l'orologio il viandante immortalò nella storia.

Il 2 febbraio ad Altilia, frazione di Santa Severina, si festeggia la festa della Madonna della Candelora, il cui rito religioso, che rappresenta la presentazione di Gesù al Tempio, coinvolge i paesi vicini e prevede la benedizione delle candele. Queste candele benedette custodivano anche i segreti della cultura popolare e contadina e avevano poteri e benefici contro le forze del male. Venivano appese sopra il letto o chiuse nel cassetto della biancheria; si accendevano per la nascita dei bambini o le si usavano al capezzale dei moribondi e proteggevano persino dagli eventi atmosferici. Inoltre, le si attribuivano anche proprietà terapeutiche: il capofamiglia, quando qualcuno soffriva di mal di gola, ad esempio, le incrociava sotto la gola dell'ammalato e gliele faceva baciare; pezzi di candela venivano sciolti in un cucchiaio d'ottone per curare i geloni nelle mani e talvolta il Fuoco di Sant'Antonio.

Intorno a questa festa si raccontavano tante storie e il viandante quella sera era intento a narrarne qualcuna come quella del salto del brigante che diventerà leggenda:

"Una banda di briganti, che da tempo seminava il terrore nei centri abitati a destra e a sinistra del Neto, durante la solita scorribanda ai danni della famiglia Marrajeni, fu inseguita dai gendarmi per tutta la notte. Quando all'alba i malviventi si videro quasi al culmine della disperazione, vollero vender cara la loro vita, così lottarono e lottarono finché, sospinti dai soldati verso un'irta, aspra, difficile collina, erano

tutti sul punto di essere circondati e catturati. Resistettero ancora; poi uno di essi, il capobanda, si vide perduto, perché, retrocedendo e sempre tirando fucilate su coloro che volevano arrestarlo, si trovò all'estremo di una altissima rupe dalla quale non si poteva sperare salvezza.

Da una parte i nemici che sempre più si avvicinavano a lui; dall'altra la rupe a picco sul fiume. Fu un terribile istante: farsi ammazzare o ammazzarsi da sé, buttandosi da quell'altissima roccia. Scelse quest'ultima via, ma prima di lanciarsi nell'abisso ebbe un lampo di speranza: la Madonna di Altilia, che di fronte a quella rupe aveva il suo Santuario. Così prima di precipitare nel vuoto, guardò verso quel sacrario e pieno di fede gridò: "Maria d'Altilia, salvami tu! Ti farò io la campana che manca alla tua chiesa!".... e giù, nella più totale fiducia verso Maria SS.ma.

Fu un miracolo della Madonna: laggiù sarebbe dovuto diventare un mucchio di carne e ossa e invece non ebbe alcun male da quello schianto. Le acque del Neto per intervento "Divino" attenuarono dolcemente la sua discesa e lui si salvò correndo ancora per la campagna e ringraziando la Vergine che lo aveva liberato dalla morte sicura. La campana la fece subito fondere, a sue spese e anche oggi, in Altilia e nei paesi vicini, essa è chiamata la "campana del brigante".

La protezione divina, rimarcata dal viandante nel racconto della leggenda, rafforza l'idea, molto diffusa tra i contadini e la povera gente, del brigante visto come eroe, l'unico in grado di difendere dalle storture dei baroni e di uno stato visto come esattore e colpevole dei disagi degli umili.

Nel tempo la leggenda si arricchì di particolari ancora più suggestivi come quello che la campana fosse stata realizzata interamente in oro, frutto dei bottini dei briganti; oppure quello che nell'anno del restauro della Santa Effige della Madonna qualcuno notò una pallottola conficcata all'altezza del cuore; o, ancora, quello che vuole nascosto "nella pancia del colle" un ingente tesoro, accumulato negli anni da più bande brigantesche, ma che se fosse veramente esistito sarebbe stato disperso insieme al sale quella mattina del 25 aprile 1984, quando da quella pancia sprofondarono seicentomila metri cubi di terreno eruttando, come un vulcano, un milione di metri cubi di salamoia, che sommerse 120 ettari di terreno desertificandolo ed inquinando le falde acquifere del Neto fino alla foce.

Una cosa è invece certa: che, a seguito di quanto accaduto, quell' "irta ed aspra collina" prese il nome, nel tempo, di Timpa del Salto o Timpa del Brigante, anche se molti gli hanno dato il nome di "Timpa del Gigante" per via del noto fenomeno di pareidolia: (ovvero la tendenza a vedere forme ed oggetti riconoscibili nelle strutture amorfe che ci circondano); il lato scosceso della collina sembra raffigurare, effettivamente, un volto umano o meglio una sfinge.

Per ultimo il viandante non poteva non concludere i suoi racconti di fronte a quella platea popolana di ubriachi contadini con la leggenda delle tre Madonne, sorelle tra loro, che si intreccia con quella del salto del brigante in un contesto che vede il fiume Neto spartiacque tra il mondo dei vivi e quello dei morti, così continuò:

“Pare che la Madonna della Candelora di Altilia avesse altre due sorelle, la Madonna della Scala di Belvedere di Spinello e Santa Anastasia di Santa Severina, sorella maggiore. Un tempo le tre sorelle stavano insieme a Santa Severina, poi per motivi non noti le due sorelle minori si stabilirono a Belvedere e ad Altilia. Gli abitanti di Santa Severina, però, non accettarono il fatto che la madonna della Candelora avesse preso dimora nel piccolo insediamento di Altilia per cui decisero di rapirla. Durante il ritorno, però, la Madonna, nel tentativo di salvare una bambina dalle acque del fiume, perse un sandalo. La mattina successiva, sparita dal santuario di Santa Severina, fu ritrovata nella chiesa di Altilia che in seguito verrà a Lei dedicata. Da quel giorno pare che il fiume pretenda un'anima all'anno.

Anche l'altra leggenda riguardante la terza sorella, la Madonna della Scala di Belvedere di Spinello, ha elementi di forte similitudine con la Madonna della Candelora.

“Un bovaro di Santa Severina si aggirava tra le alture alla ricerca di alcuni buoi che aveva smarrito. Quando giunse nel territorio di Belvedere di Spinello, incontrò in aperta campagna una donna bellissima, con un bimbo in braccio che, senza alcuna richiesta, gli indicò il luogo esatto in cui avrebbe ritrovato i buoi e gli diede un rocchetto di filo per legarli e ricondurli con sé. Ritornato in paese, comprese che la donna misteriosa non poteva che essere la terza Sorella, allora, insieme ad alcuni suoi paesani, decise di andare a rapirla. Così fecero: presero la Madonna per portarla con loro a Santa Severina, ma nella traversata del fiume Neto la Vergine, nel perdere un

sandalo nelle acque, disse che da quel momento il fiume si sarebbe presa un'anima all'anno.

Condotta a Santa Severina, ben presto la Madonna, non volendo restarvi, riuscì a fuggire, ma fu inseguita dai suoi rapitori. Giunta nel luogo dove ora sorge il santuario, salì sui rami di una quercia per nascondersi. Accortasi di essere stata avvistata, per non farsi riprendere, si tramutò in statua e rimase per sempre sulla quercia, intorno alla quale fu in seguito costruita la chiesa"

Poi il viandante, stanco dei suoi racconti, che lo avevano visto protagonista, anche se per pochi minuti, in quel teatro immaginario della bottega sotto l'orologio, di fronte a un pubblico avvinazzato, si avviò quasi appagato e con passo sobrio al piano superiore dove trascorse la notte per poi, di buon'ora, continuare il suo viaggio verso Santa Severina.

Un percorso lungo il fiume, per riscoprire il fascino naturale dell'ambiente fluviale, dalla sorgente alla foce, porterebbe a scovare angoli di natura, radure, boschi, greti sassosi e luoghi di cui la nostra memoria ha cancellato i ricordi. Un luogo finalmente da restituire, per quanto ancora possibile, alla sua naturale bellezza e alla fruizione rispettosa dell'uomo, dopo decenni in cui è stato considerato terra di nessuno. Facilitare l'incontro tra l'uomo e il fiume, nel rispetto reciproco, renderebbe veramente un'idea di quanti tra i nostri borghi esprimono, ancora oggi, il proprio legame con queste acque, non solo da un punto di vista prettamente agricolo, ma anche nell'ambito religioso, alla ricerca di molteplici elementi simbolici che hanno legato nel tempo le comunità arroccate sulle alture del Neto.

A Fabio allora sembrò di intravedere frotte di pellegrini attraversare le acque del Neto per recarsi nei paesi limitrofi in occasione delle festività religiose e non solo delle tre Madonne.

Cap. X

I moti rivoluzionarie i piemontesi a Rocca

Il vento della rivoluzione correva, ormai veloce, lungo lo stivale e le correnti che lo alimentavano erano, purtroppo, diverse per cui ciascuna di esse elaborava e trascinava con sé un diverso progetto di Stato. I democratici come Giuseppe Mazzini, Carlo Cattaneo, Giuseppe Ferrari, Giuseppe Garibaldi e Carlo Pisacane avevano una idea di stato repubblicano; i liberali moderati come Vincenzo Gioberti, Cesare Balbo, Massimo D'Azeglio e Camillo Benso, conte di Cavour, identificavano casa Savoia con il centro della loro azione politica: lo Stato che aspiravano a creare si configurava come una monarchia costituzionale al cui governo i proprietari terrieri e la nascente borghesia industriale dovevano dare un contributo rilevante; i federalisti, infine, il cui massimo esponente fu il piemontese Vincenzo Gioberti, auspicavano per la penisola un futuro di autogoverno territoriale, senza la deposizione dei sovrani messi sul trono dal Congresso di Vienna, quanto piuttosto con un loro accordo per un'unione federativa che avrebbe avuto come guida il Pontefice; e proprio per il ruolo assegnato alla Chiesa e al Papa nel loro progetto politico si schierarono intellettuali come lo stesso Gioberti, Antonio Rosmini, Gino Capponi e Alessandro Manzoni.

L'obiettivo condiviso di tutto il mondo patriottico restava, l'unificazione della penisola italiana con la creazione di uno Stato nazione.

Tuttavia, i maggiori ostacoli all'unificazione erano rappresentati dall'Austria, decisa a mantenere la sua egemonia sugli stati del nord, e dal forte e "ricco" regno delle due Sicilie, restio a cedere il suo potere in favore di un nuovo Stato.

Quindi non un solo Risorgimento, ma tanti Risorgimenti e il fatto che, al culmine dei moti rivoluzionari si fosse giunti ad uno stato nazionale, non significò che l'unità d'Italia fosse nell'ideale di tutti gli Italiani. Infatti, un ampio settore della popolazione restò indifferente o si batté addirittura contro il nuovo processo politico-culturale in un'ottica di guerra civile tra i sostenitori dell'unità e quelli affezionati alle monarchie tradizionali.

E poi c'era l'atteggiamento della Chiesa che, largamente sfavorevole a un'Italia costituzionale e liberale, allontanava larghissime fette della popolazione, legate alla fede cattolica, dalla causa unitaria.

L'obiettivo si sarebbe realizzato, purtroppo, non nel senso democratico voluto da Mazzini che addirittura sognava un'Europa unita, o dai fratelli Bandiera, che alla guida pensavano potesse rimanere lo stesso re Ferdinando, né tantomeno in senso federale come inteso da Gioberti, ma nel senso liberale e "Savoiardo". Infatti, fu Casa Savoia, grazie all'impegno militare e mettendosi alla testa del movimento nazionale, che unificò il centro-nord del paese, nel corso delle tre guerre d'indipendenza dall' Austria, e favorì, in maniera subdola, senza intervenire direttamente, l'impresa dei Mille di Giuseppe Garibaldi che sarebbe valsa, alla monarchia piemontese, l'intero Regno delle due Sicilie.

Il sogno garibaldino di promessa di terre e lavoro ai contadini meridionali non si sarebbe mai realizzato. Le tante agognate terre demaniali ed ecclesiastiche da circa un secolo promesse loro, ritornarono nelle mani dei ricchi proprietari terrieri con l'appoggio del nuovo stato sabaudo, degli agenti demaniali e dei notai truffaldini. Il Barone Barracco diventò unico proprietario di quasi tutti i terreni di Rocca Ferdinandea, con l'eccezione di quelli confinanti con il Neto e il Vitravo, malsani e soggetti a continue inondazioni.

Sarà proprio "l'eroe dei due mondi" a rendersi conto che la sua impresa, realizzata in maniera subdola, sotto la guida della massoneria inglese sempre pronta a intralciare la nascita di stati forti che potessero minacciare il suo ruolo leader in Europa, avrebbe inciso fortemente sulla nascita della questione meridionale.

Disgraziatamente sono trascorsi 160 anni, ma non sono stati sufficienti a correggere i gravissimi errori politici dolosamente commessi nel 1860 dai Piemontesi poiché le classi dirigenti meridionali non sono mai state all'altezza del compito. In 60 anni, quel mucchietto di cenere che era la Germania del dopoguerra è tornato a guidare l'Europa.

Dunque, facciamo pure i conti con la storia e diciamo che l'unità non è stata un processo di unificazione, ma di allargamento del Piemonte, un disegno strategico voluto della monarchia sabauda, molto prima dello sbarco dei mille, più propensa alla conquista del regno delle due Sicilie che all'unificazione; un disegno politico per rimpinguare le casse vuote piemontesi, sull'orlo del fallimento, appropriandosi delle enormi ricchezze che il regno delle due Sicilie aveva accumulato con le sue fabbriche migliori come i pastifici di Gragnano, le acciaierie di Pietrazza, le antiche ferriere di Mongiana, le saline di Lungro, i rinomati cantieri navali e tanto altro ancora. Una feroce colonizzazione, insomma, che portò diverse decine di migliaia di morti con la prima pulizia etnica della modernità occidentale accuratamente occultata nel fondo della coscienza italiana. Alla fine, il Nord si arricchì e il sud sprofondò nella desolazione e nella miseria, la cui portata fu mitigata dall'emigrazione forzata nel resto del mondo in un inesorabile destino: "O Brigante o Migrante". Basteranno poche settimane per far comprendere ai liberali e al popolo meridionale che Garibaldi non veniva a portare la libertà, ma semplicemente a sostituire un re con un altro re.

A causa del sogno garibaldino infranto dai sabaudi piemontesi con l'unità d'Italia, il nuovo brigantaggio, le cui fila si ingrossarono di ex soldati del governo Borbone e di tanti contadini delusi da quel sogno, dunque, divenne la spina nel fianco dei governi della destra storica che concentrarono tutte le forze per debellarlo.

“I primi episodi, di reazione al nuovo ordine costituito e al nuovo re d’Italia, che si verificarono nel marchesato, furono nella vicinissima Caccuri nei primi giorni di luglio del 1861, quando orde di briganti percorsero impunemente, a mano armata, le strade gridando “Viva Francesco II”, con la bandiera bianca alzata. Nella notte tra il 6 ed il 7 dello stesso mese, i rivoltosi inalberarono una bandiera bianca borbonica sul campanile della Chiesa Madre di Santa Maria delle Grazie. In paese accorse immediatamente la Guardia Nazionale di San Giovanni in Fiore e, subito dopo, una colonna mobile dell’Armata italiana. Intanto insorsero anche Savelli e Cotronei e la rivolta si estese a tutto il Marchesato”.

Dalla vicinissima Belvedere di Spinello giungevano notizie terrorizzanti; i nuovi briganti anti-unione avevano saccheggiato l’intero paese, violentato giovani donne e incendiato le case. Il vento della protesta portava notizie funeste e presto sarebbero passati da Rocca. Il terrore, ormai, regnava tra la gente e mentre le famiglie agiate cercavano coraggiosamente rifugio nella vicina Crotone che consideravano territorio neutrale alla rivolta, la povera gente veniva abbandonata al suo destino. Vistasi persa, si riunì allora nelle chiese di San Martino e Santa Filomena, a pregare perché devoti, o speranzosi nella tradizione, convinti che la furia dell’uomo potesse risparmiare quei luoghi, comunque tutti sotto la protezione della Madonna.

Così giunsero a Rocca trovandola del tutto deserta, solo qualche animale domestico, sfuggito al frettoloso assembramento nelle chiese, animava le strade del paese. Un vento impietoso accompagnava i rivoltosi e faceva sbattere le imposte di quelle piccole casette di legno poste al centro del paese. Era il solo rumore che si avvertiva, per il resto c'era un silenzio tombale. Qualcuno provò a entrare, ma non trovando nessuno, portò uno scellerato scompiglio in quelle umili dimore. Poi si fermarono al cospetto del palazzo comunale e qui scaricarono tutta la rabbia che portavano addosso sparando in aria al grido di "Viva Ferdinando!". Quella povera gente tremante dentro le chiese raccomandava l'anima alla Madonna. Fu allora che in abito talare il parroco, Don Domenico Ape, aprì il portone della chiesa Madre e seguito da una moltitudine di contadini andò incontro a quei briganti rivoluzionari armato solo dalla croce di Cristo. In quello stesso momento anche Santa Filomena spalancò le sue porte e decine di donne e bambini si unirono, in una paura silenziosa, al resto dei Rocchitani al seguito del parroco. Questi, con lo stesso coraggio che ebbe Papa Leone Maggio nei confronti di Attila, Re degli Unni, tentò di dissuadere il capo brigante:

"In nome di quest'uomo morto sulla croce per tutti noi, io vi scongiuro di non dare a questo paese la vergogna patita dalle giovani donne di Belvedere, e fermare ogni razzia e spargimento di sangue "

Il capo brigante, frastornato e forse impietositosi di quelle donne e bambine che silenziosamente e coraggiosamente imploravamo pietà, allora rispose:

"Nessuna violenza, oggi, in questo paese".

Non si sa se sia stato quell'uomo inchiodato sulla croce o quel prete temerario o forse più probabilmente il silenzio assordante dei bimbi che di fronte alla morte non ebbero neanche la forza di piangere, a guidare quelle parole inaspettate.

Tra quel gruppo di rivoluzionari, la presenza di manutengoli Rocchitani fu più dura da accettare che non il successivo saccheggio che comunque fu ordinato lo stesso nella consueta casa, dimora della famiglia Marrajeni, colpevole, insieme alle altre famiglie benestanti del paese, di aver fiancheggiato il nascente stato unitario.

La furia scatenata quel giorno fece ripiombare il piccolo paese nell'angoscia e nella paura. Una ferocia mai vista prima: se la presero con tutto ciò che si trovava nel palazzo, mobili, suppellettili, stoviglie e tutti gli arredi più belli che vennero scaraventati giù dal balcone centrale. Nei magazzini furono aperti i contenitori dell'olio e del vino e tutto andò perduto. Erano come impazziti, il loro capo girava per la casa come un forsennato alla ricerca di qualcosa che non riusciva a trovare. Dopo più di un'ora abbandonarono quel palazzo ormai misero e, anticipando una futura visita, si diressero, prima di andar via, nuovamente verso il palazzo comunale.

La famiglia Marrajeni non era l'unica benestante del paese per questo Pasquale Marrajeni quella notte non si dava pace:

"Come è possibile che nessun'altra famiglia agiata del paese" e ce ne erano tante, *"subisce le molestie di queste bande di sciacalli indemoniati? Cosa abbiamo noi che gli altri non hanno?"*

Parole, queste ultime che si sarebbero rilevate profetiche di lì a poco.

I rivoltosi, che avevano mantenuto la promessa di non spargere sangue e rispettare l'onore delle giovinette, entrarono, dopo aver saccheggiato la casa di Pasquale Marrajeni, nel palazzo Comunale, deturpando il portone principale. Qui, il capo brigante strappò furiosamente il manifesto affisso pochi mesi prima sui muri cittadini e scritto da Vincenzo Gallo Arcuri, come suo primo atto amministrativo, dopo la nomina a Sindaco del paese. Quel manifesto che fu infilzato dal pugnale del brigante, non come proclama bensì come sfregio al contenuto dello stesso, alla porta del comune recitava:

"Cittadini del mio paese!

Riconoscente al Redentore di questa meridionale Italia, il municipio Napolitano ha votato una spada d'oro al generoso eroe che venne a frangere le nostre catene, all'illustre Garibaldi io dico. Dalle autorità mi si raccomanda di promuovere una tanto nobile opera cittadina, invitando tutti voi a concorrervi pure con l'obolo vostro. Apriamo, dunque, il nostro cuore a generosi sensi, e mostriamo alla Patria che non ultima piccola terra è stata a esultare nel giubilo del nostro riscatto, non ultima nell'opera santa di gratitudine."

Rocca Ferdinandea, 22 gennaio 1861

Un manifesto dettato sia dalla capacità poetica del filosofo che dalle idee repubblicane e rivoluzionarie anelanti alla libertà, maturate nelle carceri per aver preso parte al movimento cospirativo del 1848. Fu costretto alla latitanza, e a vivere nei boschi del Neto in capanne e grotte fino a quando non lo raggiunse la grazia nel 1852. Affascinato dai Bandiera e dal sogno Garibaldino, restò fedele ai sabaudi conquistatori fino a quando, ormai malato di malaria, non lo raggiunse la morte prematuramente al tramonto del sole del 7 febbraio 1873.

Nella sala del decurionato trafugarono i busti in gesso dei due principali artefici di quel risorgimento sabaudo, che erano stati acquistati dal Comune, e li portarono nella sottostante piazza del paese. Furono posizionati sul "sidili", il famoso salotto all'aperto del paese, che fa angolo retto tra la chiesa Madre e quella di Santa Filomena, custode di tanti segreti, e preparati per la fucilazione. Ne bendarono gli occhi, quindi il plotone si schierò davanti a loro, tutti con il fucile imbracciato. Di norma tra i componenti ce n'era sempre uno con il fucile caricato a salve, questo per dare a ogni soldato l'illusione che erano gli altri ad uccidere, lui no. Quel giorno, però, tutti i briganti avevano il colpo in canna e tutti erano pronti, fieri di uccidere quelle due statue di gesso bianco poggiate sul "sidili" e ricevere il comando da parte del capo brigante che in quell'occasione simulava il capitano. Al primo comando :"Punta..." l'inferno si scatenò su quei due busti che furono crivellati di colpi al punto che alla fine non si riconobbe chi era Garibaldi e chi Vittorio Emanuele II. La banda non aspettò il secondo comando di "Fuoco" impaziente com'era di sparare al re e a Garibaldi; poi lasciando in piazza i resti di quel gesto squallido e sconvolgente nello stesso tempo, si dileguò nel bosco sottostante.

Così passò il furore rivoluzionario e di lì a breve giunsero in paese i bersaglieri del nuovo re Piemontese, con in tasca l'ordine di casa Savoia di soffocare nel sangue qualsiasi incursione dei briganti o movimento rivoluzionario fedele al vecchio regime, che portarono il terrore non solo a Rocca, ma in tutti i paesi limitrofi.

Il sindaco di quel tempo era Domenico Gallo Arcuri, fratello di Vincenzo, che dovette dimettersi in quanto nominato Ispettore Scolastico nel 1861. Anche Domenico, un po' meno audace di Vincenzo, era di ideali liberali, per i quali patì la prigionia come il fratello. Fu uno dei cospiratori che dovevano sequestrare il Re Ferdinando II nella notte tra il 30 e 31 ottobre 1847, e tenerlo nascosto o sopprimerlo per far divampare la scintilla della rivoluzione. Quella notte, però, il Re non passò e Domenico fu arrestato insieme al fratello Vincenzo. Purtroppo, neanche lui, come il fratello, si accorse in tempo o fece finta di non accorgersi che Garibaldi non era un angelo liberatore e non veniva a portare la libertà, ma semplicemente a sostituire un re legittimo con un altro abusivo e usurpatore.

Ma ormai era troppo tardi, perché per consolidare la conquista del Regno delle due Sicilie, erano già arrivati i bersaglieri e i fanti dell'esercito Piemontese.

Questi "nobili" soldati furono addestrati a sparare e a sgozzare le teste prima che controllassero chi avessero davanti, fossero anche donne, bambini o vecchi inermi. E quando giunsero a Rocca Ferdinandea lo fecero con una lista di probabili condannati alla fucilazione tra quelli che avevano favorito i moti reazionari, o si erano associati ad essi.

A questo punto sorge spontanea una domanda: chi c'era su quella lista?

Sicuramente vi era il manutengolo Filippo Morello, ma chi compariva come altro amico dei briganti o come brigante stesso? Se erano più di dieci vuol dire che furono in tanti a reagire contro i piemontesi e non erano briganti intesi come delinquenti comuni, ma figli di quella martoriata terra, guerriglieri partigiani di una guerra civile certamente mai dichiarata dai Piemontesi al popolo meridionale che nei briganti trovò il sostegno ai moti reazionari. E se la storia non fosse stata scritta dai piemontesi sicuramente tra quelle file troveremmo, oltre ai contadini, vaccari, pastori, guardaboschi, artigiani, piccoli commercianti, soldati dell'ex re Borbone, ma anche preti e nobili stranieri e tanta gente perbene, che si ritrovarono, con roncole, forconi e archibugi a tentare, disperatamente, di difendere casa, terra, famiglia, onore e la propria vita. Erano nostri antenati, uomini e donne del Sud che ancora oggi attendono di essere giudicati dalla verità e dalla coscienza dei giusti e non dai vincitori che, con il loro "Guai ai vinti!" li hanno marchiati come selvaggi e sanguinari proprio com'è stato fatto con gli indiani d'America, gli aborigeni australiani, i popoli africani e tutte quelle popolazioni che il tallone della conquista e dello sfruttamento ha schiacciato e schiaccia ancora in ogni parte del mondo.

Chi scrisse la storia, invece, ha tramandato in questi 170 anni l'idea dei meridionali come una stirpe di uomini che già nascevano briganti, per giustificare al mondo la conquista e l'occupazione.

Forse solo la memoria degli anziani potrà fare rivivere dall'oblio storico non solo i fatti, ma anche l'elenco di persone messe in lista di esecuzione quel giorno a Rocca.

Molti che hanno letto "Un sogno che dura una vita" ricorderanno quel romantico sindaco "Peppone", che non avendo potuto partecipare attivamente all'occupazione delle terre alla fine degli anni 40, aveva provato a rifarsi con l'occupazione della spiaggia, per assaporare, tra l'altro, il brivido romantico del vento rivoluzionario che veniva dall'Est. Un sogno deformato poi, sotto la dittatura e stravolto al punto da rendere irriconoscibile il patrimonio di idee e di valori che erano stati alla base della rivoluzione. Quel sindaco contadino, non so come abbia fatto, quale fossero le sue fonti, forse qualche traccia trovata negli archivi comunali. Ma una sera d'inverno nella sezione del partito, durante una partita a dama, tentò di apparire saccente, gentile e molto disponibile anche in considerazione delle imminenti elezioni comunali, e, non essendo presente nessuno, confidò a Fabio i cognomi delle famiglie conniventi con i briganti e sicuramenti molti di questi presenti in quella lista. Lo fece quasi in silenzio e guardandosi le spalle timoroso che qualcuno potesse ascoltarlo. Allora Fabio dovrebbe essere depositario di tale segreto se non fosse che l'oblio ha cancellato per sempre quei nomi che a quel tempo, considerata la giovane età di Fabio, non sembrava avessero grande importanza.

Il giorno, però, nessuno fu fucilato a Rocca poiché per la storia fu la famiglia Gallo a fare intercessione di grazia per i destinati alla fucilazione, garantendo il loro sicuro ravvedimento e la fedeltà al nuovo re Sabaudo. Pare che il Dott. Francesco Gallo e il figlio Domenico, sindaco del paese, forti simpatizzanti e sostenitori di casa Savoia, fecero desistere il tenente Rossi dalla determinazione di fucilare gli uomini della lista. L'unico ordine che ricevettero i bersaglieri fu quello di eliminare con la punta delle baionette le mattonelle cementificate sulle porte delle venti casette fatte costruire dai Borbone dopo il terremoto del 1832 che portavano la scritta: “Per Sovrana Munificenza”.

Nel mese di maggio del 1863 Rocca vivrà un altro dei suoi indimenticabili momenti che passeranno alla storia. Il re d’Italia, Vittorio Emanuele II, per grazia di Dio e della Nazione autorizzava il comune di Rocca Ferdinandea (Calabria ultra II) al cambiamento del nome in Rocca di Neto con trascrizione sulla gazzetta ufficiale del Regno d’Italia, supplemento al n. 433 - Torino 06 giugno 1863 - su proposta del Comune, deliberazione del 10 maggio 1863, di cui di seguito si riportano le parti più salienti dettate dal Sindaco Domenico Gallo, ardente sostenitore dei piemontesi:

“Signori,

considerando che non si addice ai liberi cittadini di portare più lungamente il marchio abborrito del selvaggio e di trasmetterlo ai posteri, perché abbiano a rammaricarsi delle nostre sventure o ad arrossire delle onte nostre, io stimo, adunque, necessario che questo Municipio, ribattezzato a novella vita politica, deponga il nome che da trent’anni gli regalavano i satelliti piaggiatori della borbonica tirannide. Saremmo, invero, assai barbari e dappoco, se ai nostri nipoti apprendessimo, col nome del paese in cui nacquero, a balbettare dalle fasce, anziché un nome splendido e glorioso, quello del nostro oppressore. Perciò, questo Municipio riprenda l’antico e storico nome di Rocca di Neto, e così faccia scolpirsi ai nuovi suggelli di questo archivio, sotto il glorioso stemma dei Savoia."

Con successivo atto si cambiarono anche le vie del paese ad iniziare del corso principale, Strada "Giuseppe De Liguoro" in onore all'intendente di Crotone per l'alto impegno profuso nella ricostruzione del nuovo paese, che prese il nome di Via Nazionale e che nel tempo diventerà Corso Umberto I.

Per la repressione del secondo brigantaggio postunitario decisamente schierato contro l'unificazione e con l'emanazione della legge "Pica" tutte le competenze vennero spostate ai tribunali militari e i Piemontesi, dopo aver definito la carta geografica delle bande, concentrarono tutte le loro forze per la disfatta del brigantaggio, scatenando nei confronti dei meridionali, ritenuti razza inferiore, brutali indigeni e cafoni, violenze e tragedie umane inenarrabili, non solo nei confronti dei briganti, dei loro manutengoli, dei loro amici e parenti, ma altresì nei confronti del meridionale in generale.

La conquista Piemontese del Sud è stata senza dubbio alcuno il capitolo più sporco della storia italiana e quello volutamente più ignorato. Il forte di "Fenestrelle" o meglio il campo di "Fenestrelle", dove venivano rinchiusi soldati borbonici, briganti e meridionali, fu forse l'anticamera di quegli altri tristi campi che vennero più tardi nella storia europea.

La lugubre fortezza, ora diventata simbolo del Piemonte e di Torino, ingoiò nella calce viva, non solo i soldati del regno che si erano rifiutati di rinnegare il re, ma anche preti, donne e bambini, tutti quei poveri "incivili meridionali" che in un modo o nell’altro non obbedirono ai Piemontesi. Lo sterminio si concluderà, solo, intorno al 1870.

Immagine 7. La fortezza di Fenestrelle

Nonostante questa ignobile legge, i moti di reazione dei nuovi briganti continuarono senza sosta, anzi diventarono sempre più frequenti in tutto il marchesato. Sempre di più uomini e donne si diedero alla macchia, assistiti e protetti, molto spesso, dalla gran parte della popolazione che vedeva in loro degli strenui oppositori dell’ingiustizia sociale del tempo, e degli appassionati difensori del sogno mancato di libertà e uguaglianza dei fratelli Bandiera. Così divennero sempre più spesso e involontariamente ribelli per sete di giustizia, per orgoglio e per fame.

Tra quegli internati a “Finestrelle” ci fu anche la brigantessa Maria Oliverio (alias Ciccilla), la più nota tra tutte le brigantesse, le cui gesta eroiche e spesso esaltate dai racconti giungevano nel marchesato come inno alla rivolta Piemontese.

Sposò Pietro Monaco, ex soldato borbonico, poi passato a seguito dei mille con Garibaldi ed infine capo brigante dal carattere irascibile e insofferente.

Ciccilla rimase rinchiusa a Finestrelle per 15 anni, rimpiangendo sempre di non essere stata fucilata prima. Innamorata follemente di Pietro, lo difese sempre anche quando, arrestata dai carabinieri, subì maltrattamenti e tentativi di violenza.

Immagine 8. Ciccilla la brigantessa

La storia di Ciccilla ha delineato nel tempo un quadro di questo personaggio dal duplice contorno: secondo una visione storico-letteraria, viene quasi sempre descritta come una "crudelissima furia" per essere stata una tra le più sanguinarie brigantesse di tutti i tempi, temeraria e spavalda che dispensava cattiveria infierendo sulle sue vittime e seminando terrore ovunque; tale interpretazione cozza, però, con gli atti giudiziari che l'hanno riguardata durante il processo svolto a Catanzaro che fanno apparire Maria Oliverio, invece, come una donna sì fuori posto nel '800 Italiano, ma dotata anche di tanta umanità. I documenti processuali permettono una riflessione obiettiva sulla sua figura opposta a quella dominante nel secolo di "donna angelo del focolare": lei , al contrario, rappresenta un'altra idea di donna e del rapporto uomo-donna. Dunque, se alcune versioni romanzate della sua storia la dipingono come la personificazione femminile della vendetta, una donna crudele e spietata distorcendone, in un certo modo, finanche il suo potenziale letterario di donna e brigantessa ribelle, le vicende storiche invece ne riconoscono le doti umane che la portano, invece, a rifiutarsi di maltrattare i sequestrati e la raffigurano come una brigantessa dalla coscienza socio-politica, come la descrive Giuseppe Rocco Greco nel dialogo con un ricco ostaggio Silano ne "L'ultima Brigantessa" dove il narrante diventa la stessa Ciccilla:

"In un pomeriggio crudo di fine ottobre, mentre ci spostavamo da un covo all'altro, i due prigionieri si lamentarono di essere affaticati e ci supplicarono di lasciarli riposare. Li accontentammo e durante la sosta Angelo Feraudo mi chiese, con espressioni e toni molto garbati, come mai una ragazza così giovane e bella si fosse data a scorrere la campagna.

Lo guardai nel suo viso stanco e risposi paziente e ragionevole come se mi rivolgessi a un bambino cocciuto.

"C'è chi nasce barone e c'è chi nasce bracciante. Un tuo parente, barone, ha scelto di fare il Senatore; io, figlia di braccianti, ho potuto scegliere soltanto di fare il brigante. Con que-

sto non voglio lamentarmi del mio destino, anche perché sono convinta che non tutto è dominato dal caso.

Io sono brigantessa, perché ho scelto di fare la brigantessa. Non me la prendo con nessuno. Le mie colpe non sono frutto delle circostanze.

La mia vita scorre perfettamente sotto il dominio della mia mente, del mio spirito. La mia forza e il mio ingegno sono consapevolmente impiegati, nel vivere da brigante. Non c'è debolezza in questo; c'è il fuoco della vita che spinge me, e tanti come me, a strappare al mondo, cui tu appartieni, quello che questo mondo si tiene ben stretto. È la stanchezza che a te e a Don Michele ha fatto chiedere di riposare.

Chi vive al buio si accorge che gli manca la luce. Quando uno ha fame, non vede l'ora di mangiare. Chi patisce l'ingiustizia ha più sete di cose giuste.

Certo, per voi ricchi è facile soffocare e contraddire l'ira e le speranze dei poveri, i loro slanci e i loro sogni, ma quante teste dovranno essere mozzate, perché nessuno osi più disturbarvi? E poi ti chiedo: è possibile mozzare la testa a tutti i disperati, che guardano alla felicità come a un traguardo possibile?".

Aveva appena 9 anni quando, durante il matrimonio di due compaesani, il già spavaldo sedicenne Pietro si presentò alla piccola Maria, e la conquistò donandole un sacchetto di confetti, appena rubato ad una signora sul sagrato della chiesa.

Da allora, per Maria, Pietro diventerà il dolce della vita... l'amore e nello stesso tempo il bene e il male. Racconterà, senza nessun pudore, la sua prima volta:

"A dodici anni diventai donna, cavalcando Romolo".

dice, riferendosi al suo asino. Poi solo qualche attimo di pausa.... e:

"Tornavo a casa dai campi quella mattina, mio padre mi sollevò in aria e per la prima volta, quasi a volermi fare un regalo per il lavoro svolto quel giorno, mi poggiò a cavalcioni sul dorso peloso del mulo; lui avanti camminava a piedi tenendo un'andatura lenta e costante. Quando giungemmo alle porte di Casale Bruzio, mio padre girò per una stradina irta e serpeggiante che accorciava verso casa; il sole ad un tratto comparve dalle alte montagne della Sila come un segno dal cielo, accecando i miei occhi. Fu allora che scivolai lentamente all'indietro e senza rendermene conto cominciai a muovermi su e giù premendo il ventre sul dorso peloso di Romolo. E più premevo più avvertivo brividi di piacere, una forte eccitazione su tutto il corpo, cosa che non avevo mai provato prima, strane e intense sensazioni che solo più avanti riprovai con Pietro, fino a quando sentii come se un fiume volesse uscire dal mio corpo, allora chiusi gli occhi e strinsi i talloni sulla pancia di Romolo che scalciò via bagnato e veloce verso casa, lasciando sul posto mio padre sconcertato.

Sempre più innamorata di Pietro, finì per sposarlo, accettandone le scelte e condividendone le speranze di uomo deluso da quella vita di stenti e di false promesse. Quando Pietro, però, si diede alla macchia e Ciccilla, stanca di aspettarlo gli propose di raggiungerlo, il vero pensiero di Pietro venne fuori dicendole che quella vita non poteva essere una vita da donna.

Il tempo passava e Ciccilla sembrava accontentarsi dei rari incontri furtivi con il marito che nottetempo la raggiungeva nella loro casa alla periferia del paese. Conduceva una vita semplice e ritirata, e le uniche persone con le quali trascorreva qualche ora del giorno erano la madre e la sorella, anche lei molto bella e dal carattere vivace, che spesso le chiedeva notizie del marito.

Ma una sera di tarda estate Ciccilla ricevette la visita di una comare e, tra un pettegolezzo e l'altro, la loquace donna si fece scappare di bocca qualcosa che colpì duramente al cuore l'orgogliosa "vedova bianca", o presunta tale, e per questo commiserata dalle donne del luogo.

Insomma, Ciccilla venne a sapere che Pietro aveva una relazione parallela con la sorella e, ostentando incredulità e indifferenza, non batté ciglio e sorrise tristemente per la cattiveria della gente.

Ma la sua mente covava vendetta.

Aveva sopportato la galera non per colpe sue e la calunnia della sorella Teresa, che avrebbe riferito a Pietro di sue concessioni sessuali ai carabinieri durante il periodo di detenzione; infine, la tresca amorosa di Maria con Pietro. Insomma, erano troppi gli affronti ricevuti dalla sorella che pensò di mettere in atto un'atroce e terribile vendetta.

Ecco le parole del giudice istruttore durante il processo di Catanzaro:

"Tutti i testimoni affermano che la causa scatenante della gelosia sta nel risentimento verso la sorella per aver det-

to al marito calunniose voci sulla sua onestà e fedeltà coniugale"

Il giorno seguente andò a trovare la sorella che viveva con la madre. Con una scusa restò a dormire lì quella notte, ma alle prime luci dell'alba, quando questa dormiva profondamente, la sua furia si scatenò su di lei con così tanta violenza al punto di sgozzarla.

Soddisfatta della vendetta consumata, alle prime luci dell'alba raggiunse a dorso di mulo la banda del marito e in poco tempo ne divenne il capo di fatto, vestendo la divisa di brigantessa: un gilè di panno verde, giacca e pantaloni lunghi di panno nero ed il capo avvolto in un fazzoletto.

Pietro Monaco, si era distinto presso la mitica banda di Domenico Straface, alias Palma, che di lì a poco avrebbe dato il colpo di grazia alla famiglia Marrajeni, nella quale era entrato dopo la fuga per l'omicidio di un possidente di Serrapedace e da questa, grazie agli insegnamenti dello stesso Palma, creò una propria banda specializzata in sequestri eccellenti.

Quello più conosciuto, la cui notizia fece scalpore in tutta la Calabria, fu il sequestro di 9 persone contemporaneamente, tra le quali il padre e il fratello di Giovan Battista Falcone, eroe di Sapri, insieme al vescovo di Tropea, Filippo De Simone, due sacerdoti che lo accompagnavano e altri 4 giovani di famiglie nobili.

Dopo questo rapimento fu scatenata una caccia all'uomo che vide coinvolti i più alti graduati dell'esercito piemontese; Pietro Monaco, tuttavia, fu ucciso la notte di Natale del 1863, non dai Piemontesi, ma da tre traditori della brigata comprati da questi.

La moglie, Maria Oliverio, "Ciccilla" fu catturata, insieme ad alcuni complici, nel febbraio successivo, in una grotta in località Serra del Bosco sul versante verso Cotronei, a ridosso del fiume Neto, dopo un cruento scontro a fuoco, in cui persero la vita due bersaglieri, uno squadriglie del luogo, aggregato alle truppe piemontesi, e alcuni uomini della banda, tra cui il cugino di Pietro Monaco.

Resta il rammarico che un luogo, teatro di tali fatti storici, che ha attirato l'attenzione dell'Europa Intera, resti sconosciuto alla quasi totalità degli abitanti del marchesato e dei Silani e abbandonato all'incuria del tempo.

Processata a Catanzaro dal Tribunale di Guerra per la Provincia di Calabria Ultra 2/a, Ciccilla, la brigantessa della Sila, fu condannata a morte, unica in Italia a cui fu comminata una pena simile, che venne però poi commutata con il carcere a vita nella fortezza di Fenestrelle. Morì dopo circa 15 anni.

Cap. XI

La Gioia

La Calabria era divenuta un teatro affollatissimo: da una parte ribelli contadini, umili preti, ex soldati dell’esercito Borbone organizzati in bande agguerrite di briganti e dall’altra l’esercito Piemontese rafforzato dalla guardia nazionale e dai carabinieri e con in tasca la legge “Pica”, si diedero la caccia con rappresaglie reciproche.

Superata la metà degli anni 80 si era passati dal periodo in cui i briganti rubavano per vivere e non venivano aiutati dal popolo, al brigantaggio benvisto dal popolo in quanto lottavano per la stessa causa.

Ora i briganti erano visti come i difensori della classe più povera nei confronti del nuovo stato piemontese, traditore delle idee dei moti rivoluzionari, ed il brigantaggio stava diventando un fenomeno sociale dove l’odio profondo dei più deboli verso le classi sociali agiate, per la cattiva distribuzione delle ricchezze e per il sistema di oppressione che i signori avevano mantenuto nei confronti dei contadini, sfociava nell’aiuto ai briganti favorendone gli assalti, la ritirata e ricevendo spesso parte dei guadagni.

Questa nuova forma di banditismo era presente nei territori del marchesato dove molti contadini, delusi dall'esperienza garibaldina, dalla scellerata ripartizione dei terreni demaniali e dalle usurpazioni operate da parte dei nobili, si aggregarono alle comitive brigantesche già esistenti, le quali ripresero vigore sotto la guida di capi abili e decisi quali l'indiscusso Domenico Straface detto "Palma", la Primula Rossa della Sila, l'Eroe Contadino che aveva fama di essere imprendibile; il Palma, che conosceva bene i problemi sociali di questa parte della Calabria, cercava sempre di amicarsi le due classi sociali che contraddistinguevano la vita del paese, quella contadina e quella benestante, la prima perché se ne serviva nella campagna, la seconda perché la temeva e nello stesso tempo ne era protetto, ma sfogava tutti i suoi delitti più cruenti contro quella agiata, la quale non gli giovava nei lavori nei campi né aveva la forza sufficiente per distruggerlo.

Immagine 9. Il brigante Palma

Nella solita osteria del paese circolavano su di lui le storie più incredibili. La gente lo credeva dotato di protezioni magiche, angeli che lo salvano da ogni pericolo, ma che nulla, comunque, avrebbero potuto contro i traditori. Era un brigante di bella presenza, ardito, che colpiva la fantasia popolare. Un tipo originale, con un tocco di teatralità che faceva in modo che le sue imprese diventassero nel tempo leggende come quando una sera il colonnello Milton, suo nemico giurato, recatosi ad un concerto nel teatro di Rossano, parlò tutta la sera in maniera cordiale e scherzosa con il suo vicino di posto. A fine serata, quando il nuovo amico era ormai andato via, frugando nelle sue tasche trovò un biglietto:

"È stato un piacere conoscerla. Brigante Palma".

Era un uomo di bassa statura, ma tarchiato e ben forte sulle gambe. Il suo volto abbronzato aveva la caratteristica di un tipo niente affatto volgare; il lampo dei suoi occhi lo dimostrava furbo, audace, impetuoso; il sorriso regnava sempre sulle sue labbra e lo faceva apparire di buon umore e contento di sé stesso. Aveva la mania di vestire riccamente e in modo bizzarro: indossava un cappello di feltro di forma conica, ornato di nastri di velluto nero, una giubba color cannella con bottoni d'oro massiccio e un ampio mantello di panno nero che soleva portare artisticamente gettato sulle spalle; le gambe erano coperte da calzettoni di lana; le scarpe, finissime ed eleganti. Le sue armi erano di gran valore: la carabina Lefaucheux a doppia canna aveva finimenti d'argento, il revolver era con l'impugnatura d'avorio e lo stile (coltello) con una lama di damasco aveva l'impugnatura finemente cesellata.

Palma fu un brigante assolutamente diverso dagli altri e incarnò la figura dell'eroe romantico: generoso coi poveri, spietato contro i prepotenti e le spie. In questo caso oserei paragonarlo veramente al cugino di oltre Manica: fu "il Robin Hood" della Calabria. Molti suoi seguaci, come Pasquale Lo Monaco, diventarono capibanda, senza però la sua abilità, intelligenza e umanità.

Eccezione fra i briganti, Palma sapeva leggere e scrivere e si dilettava anche a comporre delle poesie popolari in cui trasfondeva il suo rimpianto per la vita tranquilla e la consapevolezza del suo stato infelice. Più volte respinse gli illusi che andavano da lui per essere aggregati nella sua banda, consigliandoli a condurre vita onesta piuttosto che quella dolorosissima del brigante.

Devoto alla Madonna del Carmine, portava fra la camicia e il petto "l'abitino", effige della madonna su stoffa, come amuleto contro le sventure; alla sera si univa in preghiera con il resto della banda per recitare il rosario.

Uomo moderato, non eccedeva mai in fatti di sangue se non contro le spie e i traditori, ai quali riservava un trattamento inesorabile. Mise sempre a profitto dei deboli e degli oppressi il terribile prestigio di cui godeva, riparando ingiustizie, punendo boriose prepotenze, concedendo aiuto a coloro che gli si rivolgevano, elargendo doti alle fanciulle povere, minacciando i proprietari che angariavano i propri contadini; non di rado intervenne per impartire loro dure lezioni.

La sua banda aveva stabilito il suo quartiere generale nel territorio di Rossano e da qui si spostava sia sulla fascia Ionica che in quella Silana, una vera potenza a cui tutti si inchinavano per amore o per forza. Rigorosamente scelta da lui stesso, era diventata la più temuta dell’intera Calabria e tra i suoi componenti vantava gente fidata come Giovan Battista De luca "Failla", Giuseppe Murrone "Campanotto", Serafino Scigliano "Galombaro", Pietro Maria De Luca "Surice", Mariano Campana "Pizzotorto" tutti di Longobucco, paese natio di Palma.

Palma godeva di una vasta rete di manutengoli costituita per lo più da borghesi, che fornivano notizie dietro compenso, architettavano colpi e spesso dividevano con lui i denari estorti ai ricattati; persone intriganti e disoneste, a cui mancava il coraggio fisico di darsi alla campagna, trovando più redditizio e meno pericoloso lo spionaggio e la finzione. Gente al di sopra di ogni sospetto, che lo riforniva di armi, cibo, indumenti e soprattutto di notizie: notizie sul numero di soldati dislocati in determinate zone, notizie sulle decisioni che venivano prese ovunque nei comandi, come nelle Prefetture, e notizie sui nobili da depredare.

Fu proprio uno di questi manutengoli, residente a Rocca di Neto, a fornire le giuste notizie su casa Marrajeni molto spesso negli anni perseguitata e depredata dei beni e degli affetti più cari. Il complice riferì al Palma della presenza in casa Marrajeni di qualcosa di straordinario, qualcosa di soprannaturale che dava a quella famiglia una agiatezza economica non paragonabile a nessun’altra famiglia nobile del paese. Qualcosa che molti, nel tempo, provarono a rubare senza mai riuscirci. Il Palma, uomo pratico, non superstizioso e certamente non credulone ai pettegolezzi popolani, volle vederci chiaro ed elaborò un piano nei minimi particolari per catturare un membro della famiglia, un'impresa degna di essere ricordata nel tempo.

Pasquale Marrajeni ebbe due figli: Antonio, medico chirurgo, e Diodato, avvocato. Tra i due, quello più vulnerabile era di certo Diodato che nel reggere le preture di Strongoli, Cariati e Campana, era costretto a percorrere le tortuose e deserte strade di campagna, spesso vere e proprie mulattiere, per cui diventava più agevole predisporre un agguato nei suoi riguardi. Infatti, la mattina del 3 maggio 1866, mentre si recava a Strongoli, dove era atteso in Pretura, fu bloccato, subito dopo il guado del fiume "Vitravo", dalla banda Palma, che per l'occasione era tutta schierata per il sequestro dell'avvocato. Legato e bendato, Diodato venne condotto nelle montagne di Verzino, attraversando i boschi di querce, che coprivano le colline lungo il fiume fino alla sua sorgente, tra gole, cascate e canaloni scavati fra le rocce di granito che il rivo forma durante il suo percorso e di lì a Savelli percorrendo le montagne silane. La sosta a Savelli fu breve, il giorno dopo Diodato venne condotto a Terravecchia e rinchiuso in una grotta nel tenimento dei Marullo, uno dei covi della banda. La scelta del rifugio fu sicuramente un caso, ma in quel borgo medioevale ancora oggi, nella piazza principale, resiste da 220 anni l'unico albero della libertà, un grosso olmo, piantato dai Francesi quale simbolo della rinascita civile e repubblicana della popolazione che le armate Sanfediste del Cardinale Ruffo dimenticarono di sradicare. Fu proprio sotto quell'albero che la notte del 4 maggio Diodato Marrajeni riposò insieme alla banda del Palma e raccomandò la sua anima a Santa Filomena, così come fece suo nonno Andrea durante la prigionia, sicuro che la

Santa, tanto venerata dalla famiglia, avrebbe favorito la sua liberazione. Intanto a Rocca la famiglia Marrajeni ripiombò nell'angoscia: Diodato non fece rientro a casa e in paese già circolavano le voci di un rapimento. Ancora una volta in casa Marrajeni si trascorsero momenti di panico e di dolore, e si assistette a quelle stesse scene vissute nella casa del vecchio paese. La moglie Donna Angelina Ferrari era disperata e i suoi tre figli le furono vicino cercando di rassicurarla e darle conforto. Nella grotta giunse il Palma che fece la conoscenza di Diodato:

"Vedo che state abbastanza bene Dott. Diodato... Veniamo subito al dunque... Sembra che la vostra famiglia abbia qualcosa di miracoloso che nessuno fino ad oggi è riuscito a trovare. Ora scriveremo una bella letterina a Donna Angelina e presto chiuderemo questa storia. La nostra causa ha bisogno di mezzi di sostentamento per me, la banda, le loro famiglie e per i poveri contadini costretti a subire ogni giorno le angherie di voialtri nobili persone. Dott. Diodato, voi conoscete sicuramente le atrocità a cui viene sottoposta la nostra gente da parte dei soldati del Colonnello Bernardino Milton, per conto di quei Piemontesi venuti ad occupare le nostre terre in nome di una unificazione che faccia solo gli interessi di casa Savoia".

"Bisogna instaurare un regime di terrore, arresti, deportazioni e fucilazioni in modo da intimidire questi bifolchi poveri ma anche ricchi, caro Dott. Diodato, perché, statene sicuri , dopo la nostra gente toccherà anche a voi".

"Questo è quello che il colonnello va dicendo in giro".

"E quando qualche povero Cristo, si arrende, per fame o perché non ha più niente da perdere e si costituisce a questi

galantuomini piemontesi, allora vengono fucilati alle spalle per tentata fuga. Questo non si chiama repressione, questo..." e qui il tono della voce si fece più duro, "Questo si chiama sterminio .... Caro dott. Marrajeni.... e la gente come lei, che ha abbracciato l'unificazione come la panacea del male meridionale non può che essere corresponsabile di questo massacro."

Le parole di Palma fecero breccia sul povero Diodato che a quel punto cercò di giustificare la posizione della famiglia:

"Vedo che lei è diverso dagli altri briganti, sembra uno che ha studiato, anche se sono convinto che non l'abbia mai potuto fare, ma sicuramente avrà avuto modo di leggere molto. Quanta energia sprecata nel percorrere la via del male! Se queste sue doti le avesse impiegate nella consapevolezza di creare un mondo migliore perseguendo la via del bene, forse avremmo avuto un brigante in meno e un contadino istruito in più, capace di sollevare, almeno, le speranze di questa umile gente."

Vede, sig. Palma, la mia famiglia da sempre è stata riconoscente e vicina ai suoi contadini; i miei stessi avi lo erano; e se Lei conoscesse meglio i miei paesani e un po' meno quei quattro manutengoli che nulla hanno a che fare con quella che lei chiama "la mia gente", forse capirebbe che non sempre essere ricchi significa sfruttare la povera gente. E nonostante questo la mia famiglia sembra sia l'unica in tutto il paese a sopportare il peso del brigantaggio."

Palma restò attento e turbato dalla sua reazione. I due continuano a scambiarsi colpe e responsabilità e a volte i ruoli di sequestrato e sequestratore sembravano alternarsi. Quando poi la discussione incontrò la famiglia Barracco e il latifondo le posizioni si incrociarono e collimarono all'unisono.

"Riconosco" disse il Palma "che i Barracco, anche se proprietari di migliaia di ettari di terra, non hanno nessun interesse a far progredire la classe contadina che usano sempre a loro vantaggio, ma sono molto potenti per metterseli contro e poi dopo la morte del barone Luigi si sono trasferiti a Napoli, lasciando amministrare la loro immensa proprietà ai sovrastanti impegnati nella sorveglianza".

"Già!" annuì Diodato.

"I Barracco non sono solo potenti con voi, lo sono con tutti, compresi i regnanti. Alfonso Barracco, alla fine del 1798, mentre tanti nobili erano fuggiti in Sicilia alla notizia dell'avanzata dei Francesi, rimase sul posto e con spregiudicatezza divenne prima amico dei Francesi, piantando addirittura l'albero della libertà a Rocca Ferdinandea, poi dei Borbone e successivamente dei Piemontesi. Quindi non sono certo io",

replicò Diodato

"la persona giusta per individuare le cause delle vostre dimostranze, ma credo che un diverso equilibrio del mercato del lavoro, tra domanda e offerta, porterebbe a un minore potere dei latifondisti, repressivo soprattutto nel reclutamento della manodopera stagionale, attraverso il sistema del caporalato".

A quel punto Palma, convinto di soccombere nella discussione, ritornò al sequestro e interruppe bruscamente e con voce autoritaria la discussione porgendo a Diodato un biglietto ed una penna:

"Scriva a sua moglie e dica che è tenuto prigioniero dal terribile brigante Domenico Straface detto "Palma" e di provvedere a consegnare quanto richiesto dal latore della presente. Qualcuno, più tardi, verrà a ritirare il biglietto".

Girò le spalle e scomparve.

Rimasto solo, Diodato Marrajeni cominciò a scrivere alla moglie:

"Mia dolce sposa,

in queste ultime 24 ore ho avuto il tempo di percorrere la nostra vita dove i momenti belli, come la nascita dei nostri tre figli, sono stati offuscati dai ricordi delle tragedie vissute dalla mia famiglia a causa della brutalità di uomini senza Dio che, nel tempo, decisero chi far vivere e chi morire, in una continua persecuzione e sofferenza. Oggi sono rinchiuso in una grotta, lontano da casa, lontano dagli affetti e soprattutto lontano dalla persona che ho amato per tutta la vita. Non so se un giorno potremo ancora incontrarci, ma se questo non dovesse succedere di' ai nostri figli di essere orgogliosi del nome che portano e che attraverso loro e i loro figli il nostro nome vivrà nel tempo, nel cuore nostro e di chi attraverso loro verrà dopo.

Ripercorrendo la storia di Raffaele, solo ora riesco a toccare con le mani il dolore di sua madre di fronte alla straziante immagine dei resti mutilati del corpo del figlio.

Sicuramente accompagneranno queste mie parole con la richiesta di un riscatto, ma non è questo che mi angoscia; quello che più mi fa paura è che questa banda, il suo capo Domenico Straface, la Primula Rossa, il re della montagna, è convinto che la nostra famiglia possegga qualcosa di miracoloso che nessuno di noi riuscirà mai a donargli.

Mi affido a Santa Filomena perché interceda a guidare la mano di Palma in questa assurda ricerca dell'inesistente; in fondo lui, se pur con metodi violenti non condivisibili, cerca di ristorare le sofferenze degli umili, togliendo ai ricchi le ricchezze che lui crede siano stati conseguite attraverso lo sfruttamento della povera gente.

Vi voglio bene, Diodato Marrajeni"

Alla lettera di Diodato seguì quella scritta da Palma, con la quale oltre a minacciare di morte Diodato, nel caso fossero state intralciate le richieste di riscatto con l'avviso dei militari, chiedeva ogni ben di Dio: dal pane, a provviste di salami, latticini, biancheria, indumenti nuovi, gioielli e centinaia di lire italiane, poi chiedeva testualmente:

"La Gioia" *in vostro possesso, quell'ordigno miracoloso che fabbrica piastre d'oro".*

Le due missive vennero recapitate, segretamente da uno dei manutengoli del Paese al figlio Pasquale, che a sua volta le consegnò alla mamma, Donna Angelina Ferrari.

Quest'ultima lesse subito la lettera di Diodato e sopraffatta da una disperata commozione scoppiò in un pianto dirotto tanto da non riuscire più a leggere la lettera di Palma. Allora fu Pasquale, il figlio più grande, a leggere le richieste del capobanda, ma quando giunse alla "Gioia" il suo volto diventò cupo, serioso e preoccupato, poiché realizzò subito che quella richiesta non sarebbe mai stata esaudita perché quella "Gioia" era presente solo nell'accesa fantasia dei creduloni ignoranti del paese.

“Un ordigno miracoloso che fabbrica piastre d’oro”

Erano queste le voci che circolavano nella famosa bottega del vino sotto l’orologio del paese insieme a superstizioni, malie, maledizioni e quant’altro che non sono altro che credenze popolane che fanno leva sulla stupidità umana.

Ancora una volta in casa Marrajeni si assistette a quel marmoreo silenzio vissuto durante i sequestri di Andrea e Raffaele, ma nello stesso tempo si accese la speranza di una possibile liberazione. La famiglia fece pervenire segretamente al manutengolo del paese, molto più di quanto Palma aveva chiesto, unitamente a un biglietto in cui si ribadiva l’assoluta inesistenza di ordigni miracolosi. presenti solo nelle menti perverse degli sciocchi popolani.

Come in un progetto ben studiato a tavolino, il tempo passava e nonostante la famiglia Marrajeni continuasse a dissanguarsi (altro che Gioia!) inviando ogni ben di Dio ai briganti, nessuna risposta giungeva ai familiari, finché una notte il rumore del batacchio sul portone principale fece svegliare di soprassalto l’intera famiglia. Fu ancora Pasquale il primo ad aprire e a ritirare un piccolo pacco con sopra un biglietto legato con un elastico. Poi uno sguardo furtivo verso l’esterno e resosi conto che chi aveva bussato si era dileguato nell’oscurità della notte, rientrò.

Saranno state le dimensioni del quel pacchetto a provocare tra i presenti un senso di vuoto esistenziale per una catastrofe imminente. Il biglietto a firma di Palma recitava:

“Se la “Gioia” non verrà consegnata immediatamente riceverete presto la testa di vostro marito priva di una parte di

essa che vi anticipo in questo ... Donna Angelina non fece in tempo a sentire il seguito del biglietto che cadde svenuta, mentre le mani tremanti di Pasquale facevano cadere il pacchetto che una volta a terra faceva intravedere l'orecchio mozzato di Diodato.

Senza ormai nessuna speranza, la famiglia continuava a mandare alla banda ogni forma di sostentamento in natura e in lire fino a quando dopo tre mesi di prigionia, di ansie, di spavento e di sofferenza, una sera di Agosto Diodato venne liberato. Palma sapeva già fin dall'inizio che nessuna "Gioia" era mai esistita in casa Marrajeni , ma quella irrealizzabile richiesta permise alla banda di ricevere ogni ben di Dio dalla famiglia fino a portare i Marrajeni al dissesto economico. Come fin dall'inizio sapeva che avrebbe liberato il povero Diodato con il quale nel periodo di prigionia era entrato ormai in sincera e cordiale intimità. Alla fine, ancora una volta, le posizioni di entrambi videro realizzare il progetto dell'uno, e il sogno dell'altro. Il progetto di Palma di togliere ai ricchi per dare ai poveri, e quello di Diodato di uscire vivo da quella storia per intercessione di Santa Filomena.

Diodato fu condotto personalmente da Palma, quella notte di agosto, e lasciato sotto quell'olmo, l'albero della libertà piantato con il sogno giacobino, e cresciuto sotto l'arroganza e la prepotenza di un re sabaudo nemico dei sogni.

Fu la famiglia De Tursi di Terravecchia, imparentata con la famiglia Gallo che recuperò, quella notte, il Marrajeni sotto l'albero della libertà e che organizzò il suo rientro a Rocca di Neto che avvenne in tutta sicurezza accompagnato da una scorta numerosa di gente armata al loro servizio.

Una volta a Rocca, Diodato volle entrare nella piccola chiesetta di Santa Filomena sotto la cui effige si inginocchiò per ringraziarla con la promessa di venerarla per tutta la vita. Poi raggiunse la famiglia che si era ritirata a Santa Severina. Ma l’avvocato Diodato Marrajeni, dopo aver retto anche la pretura di Cariati, a causa di quei tre mesi di prigionia che aggravarono il suo già precario stato di salute, si spense nella propria casa a Rocca di Neto il 13 febbraio del 1871 quando aveva appena compiuto 45 anni.

Cap. XII

Conclusioni

Quando le notizie del rapimento eccellente di Diodato Marrajeni giunsero alle autorità, nei confronti Di Palma e dei suoi uomini si scatenò in tutto il marchesato una rappresaglia senza precedenti, al punto che la banda fu braccata in tutte le maniere e in ogni luogo dai Carabinieri, dalla Guardia Nazionale e soprattutto dai bersaglieri.

Essa andò così sempre più assottigliandosi: alcuni componenti furono uccisi, altri catturati; altri ancora si costituirono. Qualcuno tentò persino di indurre la Primula Rossa a consegnarsi, ma la natura, l'orgoglio e il suo modo di essere fiero di quel ruolo non permise che ciò accadesse, anzi egli fece arrivare al Colonnello Milton una missiva nella quale comunicava che era meglio morire con il fucile in mano che arrendersi al nemico. E poi, questa trattativa fu ostacolata soprattutto dai grandi latifondisti che temevano che il Palma potesse rivelare verità troppo compromettenti. In breve tempo venne isolato anche da parte dei manutengoli, conniventi e fiancheggiatori, che egli aveva generosamente arricchito.

La sua fine fu inevitabile, era già stata scritta quel giorno in cui, appena adulto, rispose con le mani a una offesa ricevuta da un signorotto del luogo. Per evitare la fine cruenta destinata a tutti coloro che si permettevano di schiaffeggiare un nobile, fu costretto alla clandestinità e, a differenza degli altri compagni che spesso non sapevano neanche di essere diventati briganti, lui ne divenne fiero e orgoglioso al punto di lasciare la firma, come Palma il re della montagna, nei proclami che osava affiggere nei paesi del Marchesato e della Sila. Non fu mai un disperato che razziava senza nessun valido motivo se non per fame ma, dotato di un'intelligenza superiore, amava imitare il mitico *Robin Hood* d'oltremanica.

Tante furono le versioni sulla morte che i cantastorie, nel tempo, andavano in giro a raccontare del brigante galantuomo, ma la versione più attendibile è quella che un deputato meridionale ne dette nel 1869 al Parlamento: Palma, ormai rimasto solo e braccato dai militari, si rifugiò presso un suo vecchio compare in Sila, ma questi, attratto dalla grossa taglia sulla sua testa pensò di tradirlo. Così il 13 luglio 1869, mentre gli radeva la barba, con un colpo secco di rasoio gli tagliò la gola. Palma morì come scritto nel suo destino, ucciso dalla mano amica che lui aveva negli anni beneficiato infinite volte.

Da una lettera inviata dal Colonnello Milton al Generale Sacchi, comandante della divisione militare di Catanzaro si apprende:

"La testa di Palma mi giunse nella giornata di ieri, una figura piuttosto distinta, rassomigliante a un fabbricante di birra Inglese".

Essa venne, poi, esposta in Piazza a Rossano fino alla sua decomposizione. Fu questa la fine del capo brigante calabrese che per dieci anni fu considerato il "Re della Foresta" e che, pur avendo estorto centinaia di migliaia di ducati con i sequestri, morì povero. Si arricchirono, invece, i suoi manutengoli, i suoi favoreggiatori di basso e, purtroppo, di alto casato che per molti anni gli assicurarono l'impunità e, assai spesso, furono proprio quelli che gli preparavano i piani dei sequestri.

Il Brigante galantuomo, la primula rossa, il re della montagna fu l’ultima vittima di quella legge “Pica” concepita nel segno del terrore e dell’olocausto. Alla fine della repressione piemontese si contarono più di 14.000 morti e tra questi troppi uomini che come Palma decisero di barattare la propria vita per la libertà e tante vittime innocenti, come il povero giovane Raffaele Marrajeni, colpevole a soli 20 anni di far parte di una famiglia sfortunata e capo espiatorio del mal di vivere.

Con la morte di Palma finì il brigantaggio in Calabria e venne abolita la zona militare. Dirà il Generale Sacchi nel proclama conclusivo:

" Noi abbiamo tolto gli uomini; il miglioramento sociale toglierà le cause che fomentavano e fomentano il brigantaggio".

Era l'onesta conclusione cui egli giungeva, dopo un anno e mezzo di massacri, peccato, però, che le conseguenze furono altre: i "galantuomini", cioè i nuovi proprietari borghesi, si impossessarono delle terre demaniali ed ecclesiastiche (solo quest’ultime ammontavano al 40% del territorio), espropriate dai nuovi dominatori piemontesi e vendute con aste frettolose, per fare cassa, rastrellando risparmi e capitali meridionali, che vennero investiti dai vincitori dappertutto tranne che nel Sud stesso. Ne conseguì la creazione di latifondi privati, scarsamente produttivi, e l'ulteriore impoverimento di quella martoriata popolazione superstite delle stragi, delle rappresaglie e dalle esecuzioni sommarie creando, così, un ulteriore divario tra nord e sud, e l'inizio di un nuovo fenomeno quale appunto l'emigrazione verso il nord Italia e le Americhe, che vide circa 26 milioni di Italiani spostarsi alla ricerca di un tenore di vita dignitoso.

Il brigantaggio, sia pure tra tante contraddizioni, ha rappresentato una delle occasioni storiche che i Calabresi hanno avuto per togliersi dalle spalle secoli di miserie e di ingiustizie.

Così lo definì Carlo Levi:

" un eccesso di eroica follia, e di ferocia disperata: un desiderio di morte e distruzione, senza speranza di vittoria".

E se ebbe termine con la morte del brigante Palma, la sua immagine resterà per sempre nell'animo popolare, confuso tra verità, leggenda e mistero; per questo il brigante diventerà, nel tempo, un eroe e il simbolo contradditorio del riscatto sociale della gente del Sud. Ogni paese ha avuto il suo "Palma" e quasi tutte le storie, rivisitate da tesori, nascondigli segreti e personaggi fiabeschi, hanno fatto sognare grandi e bambini.

Ancora oggi, a distanza di 170 anni dall'Unità, alcuni movimenti sorti nel settentrione affermano che il brigantaggio non fu un fenomeno politico scaturito dalle condizioni sociali avverse, ma un problema di genetica, di gente predestinata al delitto e alla mafiosità per cui diventa inutile, nel meridione, costruire scuole, ospedali, strade, porti, aeroporti e ferrovie, senza soffermarsi, neanche per un attimo, a riflettere che il Sud in realtà è stato quello che il nord ha voluto che fosse. Questo strisciante e vergognoso razzismo non si è mai fermato e la cosa che più fa male è che questi movimenti brulicano di meridionali che per gli stessi motivi dei loro avi sono stati costretti a lasciare la propria terra per inseguire un sogno. Forse un giorno, non lontano, con la scusa di voler sconfiggere la mafia, si prenderanno il nostro sole, il nostro mare e, infine, la nostra anima.

E ora tocca a tutti voi che vi apprestere a leggere questa storia giudicare se Fabio sia stato in grado di portare a termine quell'incarico di verità che gli fu affidato, nelle notti insonni, dagli occhi spenti di tutte quelle teste mozzate, sanguinolente ed esposte come monito nelle pubbliche piazze. Verità per quella povera gente alla quale fu rubata la dignità e persino il sogno, il sogno rivoluzionario della libertà e dell'uguaglianza, represso nelle brutali violenze delle decapitazioni. Un sogno di tanti giovani, miseri e disperati, che alimentarono nient'altro se non una protesta sociale e politica.

Facciamolo vivere, dunque, quel sogno scavando sempre nella memoria dei vinti, mai dei vincitori, alla ricerca della verità, e allora forse un giorno qualcuno farà in modo di incoraggiare Dio a proseguire il suo viaggio oltre Eboli, ai confini di quel mondo dimenticato, per dare la giusta voce a quelle terre del silenzio e della solitudine e restituire a quella povera gente la dignità, senza per questo dimenticare le morti innocenti di chi nobile di famiglia nacque, e farci giudicare solo dalla verità e dalla memoria dei giusti; solo allora, forse, riusciremo a trovare la chiave giusta per aprire, una volta per tutte, la porta della libertà, del progresso e del riscatto.

E allora il cielo ci mostrerà il vero colore del mare.

Pietrino Fabiano

Post-scriptum

Ah.... Dimenticavo. Nella grotta di "Tanzanovella", sulle alture tra il "Cupone" e il santuario della Madonna della Pietà, nel comune di Rocca di Neto, un po' di anni fa Giovanni, quel tombarolo principiante che abbiamo conosciuto nel romanzo "L'ultima Ruffo", e che contrariamente a quanto aveva dichiarato a Fabio in quel Bar in prossimità del porto di Crotone, non aveva mai attaccato al chiodo lo spillone e lo scanner, scoprì l'esistenza di una botola che dava accesso ad un labirinto dove si aprivano 7 cunicoli di cui 5 erano ciechi mentre due portavano all'esterno di un precipizio tra i sottostanti boschi nel territorio di Belvedere di Spinello. Una tana di Briganti che incuteva terrore e da cui tutti si tenevano alla larga perché, si diceva, abitata dagli spiriti. Prima dell'uscita, sulla destra, un altro cunicolo, la cui entrata era stata bloccata da un grosso masso, dava accesso a un'ampia caverna. Pare che in questa caverna Giovanni ritrovò uno strano marchingegno, ormai arrugginito dagli anni, di cui non seppe mai spiegarne il funzionamento. Era forse quello che un tempo la fantasia popolana chiamava "Gioia"? E che il Brigante Palma si fece consegnare come ultimo compenso dalla famiglia Marrajeni, per liberare il giudice Diodato? Non lo sapremo mai; fatto sta che Giovanni oggi vive una vita abbastanza agiata, in una grande villa e da quel giorno non ha mai più lavorato nella sua vita.

Pietrino Fabiano

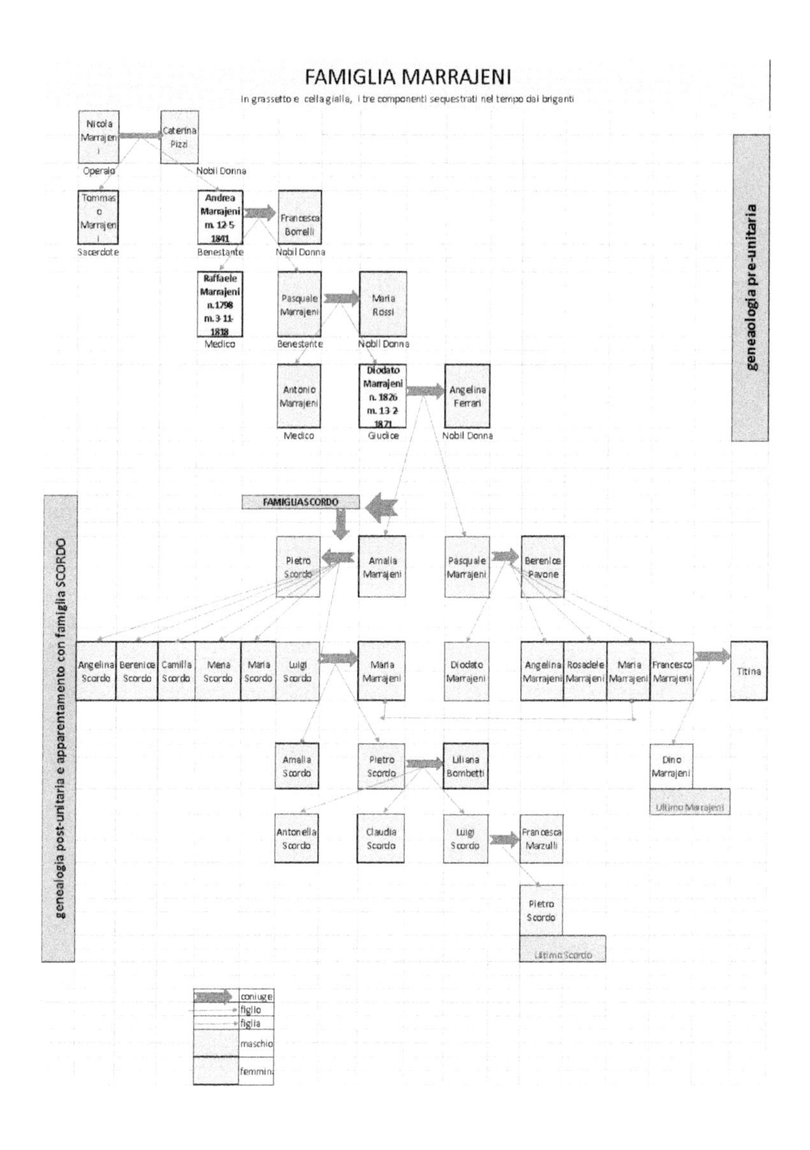
FAMIGLIA MARRAJENI
In grassetto e cella gialla, i tre componenti sequestrati nel tempo dai briganti
Nicola Marrajeni
Caterina Pizzi
Operaio
Nobil Donna
Tommaso Marrajeni
Sacerdote
Andrea Marrajeni m. 12-5 1841
Benestante
Francesca Borrelli
Nobil Donna
Raffaele Marrajeni n.1798 m.3-11-1818
Medico
Pasquale Marrajeni
Benestante
Maria Rossi
Nobil Donna
Antonio Marrajeni
Medico
Diodato Marrajeni n. 1826 m. 13-2-1871
Giudice
Angelina Ferrari
Nobil Donna
geneaologia pre-unitaria
FAMIGLIA SCORDO
Pietro Scordo
Amalia Marrajeni
Pasquale Marrajeni
Berenice Pavone
Angelina Scordo
Berenice Scordo
Camilla Scordo
Mena Scordo
Maria Scordo
Luigi Scordo
Maria Marrajeni
Diodato Marrajeni
Angelina Marrajeni
Rosadele Marrajeni
Maria Marrajeni
Francesco Marrajeni
Titina
Amalia Scordo
Pietro Scordo
Liliana Bombetti
Dino Marrajeni
Ultimo Marrajeni
Antonella Scordo
Claudia Scordo
Luigi Scordo
Francesca Marzulli
Pietro Scordo
Ultimo Scordo
genealogia post-unitaria e apparentamento con famiglia SCORDO
coniuge
figlio
figlia
maschio
femmina

Ringraziamenti

Ringrazio, ancora una volta, mia sorella Rosa per la sua consueta e preziosa collaborazione; il Prof. Aurelio Scaramuzzino per le sue appassionate presentazioni divenute ormai un classico e poi Claudia Scordo che, se pur lontana da anni dal suo paese, ha contribuito, con passione e tanto entusiasmo, alla definizione dell'albero genealogico dei Marrajeni/Scordo.

E infine ringrazio Fabio che in questo nuovo viaggio ha cercato di restituire la dignità alla nostra povera gente aprendo finestre dimenticate dalla storia, alla ricerca della verità.

Breve riassunto dell’opera

“La Gioia” è un romanzo storico ambientato nel piccolo paese di Rocca di Neto, a partire dal 09/07/1806, quando i Francesi occuparono il paese e piantarono l’albero della libertà, fino al decennio successivo all’unità d’Italia con la scomparsa del brigantaggio, ripercorrendo il sogno reazionario dei Fratelli Bandiera, dallo sbarco alla foce del Fiume Neto al loro martirio nel Vallone di Rovito, e quello di uguaglianza con l’unità, infranto dai Piemontesi.

Tutti questi eventi accompagneranno le tristi vicende della nobile famiglia Marrajeni vittima, contemporaneamente, sia di quella faccia del brigantaggio criminale, feroce e malvagio che di quella romantica intesa come reazione degli umili alla smisurata ricchezza dei “galantuomini” locali che offendeva la dignità umana.

Con l’assurda richiesta della “Gioia”, un ordigno miracoloso che nell’accesa fantasia dei creduloni ignoranti fabbricava piastre d’oro, da parte della “Primula Rossa”, il furbo e intelligente brigante “Palma”, si concluderà l’ultimo atto di brigantaggio nei confronti della martoriata famiglia, con la liberazione del giudice Diodato. Durante la prigionia egli era entrato in sincera e cordiale intimità con il brigante, che vedrà realizzarsi sia il progetto del Palma, di emulare l’impavido capobanda di oltre Manica Robin Hood che incarnava le richieste di giustizia delle classi oppresse d’Inghilterra rubando ai ricchi per donare ai poveri, che il sogno di Diodato Marrajeni di uscire vivo da quella terribile prigionia per intercessione di Santa Filomena.

Biografia

Pietrino Fabiano è nato a Rocca di Neto nel 1956. Con Calabria Letteraria ha pubblicato nel 2017 *I Giochi Perduti* , nel 2018 *Un sogno che dura una vita*, nel 2019 *L'Ultima Ruffo.*

Bibliografia e Fonti Archivistiche consultate

BIBLIOGRAFIA

Attilio Gallo Cristiani Piccola cronistoria di Rocca di Neto –Arte della stampa Roma 1929

Elena Spina Rocca di Neto dalle origini ai giorni nostri – Mariano Spina Editore 2010

Giuseppe Spizzirri - Rocca di Neto nel Catasto onciario del 1742 – Studio Zeta 1995

Carmine Pellizzi e Giuseppe Tallarico Casabona vicende storiche di un antico borgo feudale Calabrese- Città Calabria edizioni 2003;

Francesco Tigani Sava Briganti di Calabria – Local Genius 2016

Augusto Placanica - Giuseppe Maria Galanti -Giornale di Viaggio in Calabria 1792-

Felice Venosta I Fratelli Bandiera e loro compagni martiri di Cosenza – Editore Carlo Barbini 1864

Giuseppe Rocco Greco -L'ultima brigantessa 2011

Giuseppe Marin Il terremoto del 1832 nel Marchesato Crotonese - Editoriale Progetto 2000

Fonti archivistiche

Enciclopedia Treccani Notizie varie
Archivio storico di Napoli Notizie varie
Archivio storico di Crotone Giovanni Placco
L'assedio di Crotone durante il decennio francese;
I moti giacobini nella Crotone del 1799;
Il dono dei F.lli Bandiera a Girolamo Calojero;
Francesco Placco
La situazione crotonese raccontata dal Cardinale Fabrizio Ruffo a Ferdinando I
Archivio di stato di Cosenza Atti del brigantaggio
Archivio parrocchiale di Longobucco Notizie varie
Archivio comunale di Longobucco – Campana – Caccuri – Roccabernarda – Rocca di Neto – Belvedere di Spinello – Santa Severina – Notizie varie
UNLA Scandale Alfonsina Bellio
Il Brigante 2011

Printed in Great Britain
by Amazon